太子と馬子の国

天美大河

郁朋社

太子と馬子の国／目次

装丁／根本比奈子

太子と馬子の国

法隆寺

法隆寺。

　奈良県斑鳩町にある、現存する日本最古の木造建築寺院と誰もが知っている、つまり日本で最も有名と言ってよい伽藍である。

　ここを訪れた人のそのほぼすべてが、国宝に指定されている寺院建築物、仏像、仏教装飾に目を奪われてしまうことはまず間違いないことである。

　古《いにしえ》の時代に想いを馳せ、飛鳥、白鳳、天平の潮流、息吹に身を委ねることができるであろう。

　そして、観光のガイドブックにはあまり書いていないことであるが、またこれもほぼすべての人が同様に、それとは別な印象を抱くことになるであろう。

　それは、法隆寺域の圧倒的な広大さについての印象である。

　まず法隆寺の境内が十八万七千平方メートルの広さを持つそうであるが、他にも有名な京都の東山山系、音羽山の中腹に建てられた清水寺の境内が十三万平方メートルであることと比べても、格段に壮大な大きさを呈している。

さらに、法隆寺周辺の法起寺、法輪寺、中宮寺など関連寺院や、藤ノ木古墳や飽波葦垣宮《あくなみあしがきのみや》跡などの遺跡を含めると、その規模については規格外の印象を持たざるを得ない。

しかも、法隆寺の存在する斑鳩の地は山林等で周囲と遮断された場所ではなく、奈良と大阪両方面からの交通の便も大変良い。

当時、飛鳥と難波《なにわ》を結ぶ要衝の地にこれだけの大きさの仏教都市があったということは、他に全く類のないことである。

斑鳩町を散歩し、法隆寺を含めてこの有名な古刹《こさつ》群を廻ると、その壮大な全貌にただ驚くことになるであろう。

一つの都であったというレベルを超え、古代においてはむしろ、〝一つの小国〟であったと考える方が適切な規模である。

古刹という言葉の語源は、一説では、〝刹〟はサンスクリット語で土地や国土を意味し、やがて神聖な仏国土も意味するようになったとも言われているが、ここを訪れた人はまさにその語源どおりに、「ここは仏国土ではないか」という思いに駆られることになるであろう。

とても一つの寺域に収まるような規模、配置ではない。

今回はその法隆寺の創建前後の時代に思いを馳せる旅に出てみたい。

そうすれば知らずのうちに、今述べたその壮大さについても、ごく自然に自分自身が受け入れていることに気がつくことになるであろう。

それもそのはずである。この土地は聖徳太子や皇族、蘇我氏が特別な思いをこめた壮絶なドラマの舞台であったからである。

仏教伝来

仏教伝来に関しては諸説あるが、六世紀前半の欽明紀には本格的に導入が始まったということで大きな間違いはないであろう。

漢の時代に中国に入った仏教は、まずは既にあった儒教や道教など、民衆に固有な思想信仰に即して布教する「格義仏教」の形式をとりながら次第に広まっていった。

そして漢帝国の滅亡により、地域政権に留まる仏教王朝を含めた小国が乱立する時代（魏晋南北朝時代）となった。

仏教も各王朝にそれぞれの形、深度で伝播、採用されていった。

そしてついに、日本にもその仏教が伝わってくる時代を迎えたのである。

飛鳥小墾田《おはりだ》の蘇我家邸宅でのこと。

蘇我稲目は、百済の聖明王から贈られた釈迦如来の仏像をしげしげと眺めていた。

「これは素晴らしいお顔をされている！」

それは金色に塗り固められ、まばゆい光を放っていた。

百済に伝わった仏教は中国南朝からのものであり、まずは教義的なものよりも、仏像の視覚的な荘厳さやたたずまいに象徴される、西方文化のイメージ的なものが強く伝わってくるものであった。

そして実は、そのことは日本（倭国）にとっても望ましいことであった。

森羅万象において美的に恵まれた日本という国の人々は、本来美意識が高く、優れた造形に対しても高い感受性を有していた。

日本というのは、理屈的なものよりも美的なものを受け入れ易い土壌、風土を持つ国であったのである。

その点、海を挟んだ隣の中国とは明らかに国家の気風は異なっていた。

その中国と日本の差をさらに深く考えるため、少し、昔の中国の時代に遡ってみたい。

中国においては、紀元前の春秋戦国の時代から諸子百家と言われる数々の思想やそれを担う思想家が生まれ、五百年以上の間、思想的に取捨選択、融合、分離、対立などのありとあらゆる経験を踏まえて、最終的に法家思想による秦帝国の統一により法治国家の原型を創り出した。

やがて過度に原理的な法治主義はかえって宦官《かんがん》の汚職と専横に利用される結果となり、秦の国力は弱体化し、漢の高祖劉邦に破られ覇権を手渡すことになってしまう。

そして次に覇権を握った漢帝国としては、国家として、秦の失敗を繰り返さないことが命題となった。

劉邦自身は思想とは縁遠い人物であり、決して本人が明確にその理論を意識していた訳ではないが、初期は道家思想により法治主義を緩和することで国家のバランスをとることに成功し、国力も次第に回復した。

やがて第七代皇帝武帝の頃になると国による鉄器の専有もあり国力が充実。積極的な外征が可能となり、富国強兵により明らかな中央集権化と拡張主義をめざす国策に転じた。

武帝としてはこの段階において、大国に相応《ふさわ》しい新たな国家理念の構築が何としても必要となり、そこで採用されたのが儒教であった。

儒教は先例や儀式を重んじ、大国の維持にはこの上なく効果的な思想であった。

しかしこの思想は反面、世の中の変化に対応する柔軟さに欠け、長期的には制度の硬直化をもたらし易いという短所を有していた。

そして為政者側にとって何よりも恐ろしいのは、支配者である皇帝が徳を失った状態になれば天の裁きを受け、結果、その支配者の立場から降ろされるのが当然であるという、「易姓《えきせい》革命」の思想をその中に内包していることであった。

儒教は一見為政者にとって都合がよさそうに見えるのであるが、それを採択した国にとっては、同時にその中に時限爆弾をセットしたと思わなくてはならない危険をも孕んだ思想なのである。

このことが支配者層の血統を特に重んじる日本に、儒教の素直な導入、採択を躊躇させる一つの大きな要因になったと思われる。

そして、漢帝国にもその時限が予告どおり訪れ、二二〇年、後漢の皇帝献帝が魏王曹丕《そうひ》への禅譲により政権を返上し、漢帝国はその役割を終えた。

以後一時的な西晋の中国統一（二六五年―三一六年、三〇四年から五胡十六国時代）があったものの、それを除いてしばらく統一王朝は六世紀末の隋の建国に至るまでなく、基本的には諸国が乱立する状態が続いた。


その中で日本（倭国）は、漢代までは漢帝国の勢力範囲であった朝鮮半島に、当初は北九州から、三～四世紀頃には次第に畿内からも進出し、積極的な交易、交流を行うようになった。

その中で邪馬台国時代を経て大和政権（王権）による国土統一に成功し、大王（帝）を中心とする政治体制が確立した。

大和政権においては古墳時代中～後期、大型前方後円墳を象徴とする統治体制がその中央集権の最盛期を迎えたが、雄略帝の治世が終わると、大王の直接の血統が途絶える危機もあり、国勢は急激に衰退の徴候を見せた。

政権は越の国から、帝の遠戚である継体帝を何とか大和に迎え入れたものの、六世紀の欽明紀の頃までは、未だ国家を運営する新たな統一の理念に欠けた状態であった。

そのような状況下で日本に伝来した仏教というものは、一つの宗教であるが、同時に国家をまとめる外来の統一理念として期待された側面を持っていた。


朝鮮半島の仏教伝来に関しては、百済においては、三八四年に中国南朝の東晋より摩羅難陀《まらなんだ》という胡僧が仏教を伝えたとされている。

また同国の聖明王の時代には、西暦五二六年にインドに留学した謙益という僧侶が持ち帰った仏教の経典が翻訳され、金銅の釈迦如来像や経典、仏具などが献上されたことが伝えられている。この聖明王の時代、大いに仏教が興隆した。

その百済から、日本に仏教は伝わった。

同時に並んで儒教も百済から伝えられたが、日本に統一理念として浸透することはなかった。

これには先に述べた易姓革命を取り入れたくない政権側の思惑もあるが、それに加え儒教は中国を世界の中心とする中華思想に結びつく側面があり、独立精神の強い当時の日本に馴染まないものであったのも事実であった。


蘇我稲目は、「これで国がまとまることができる」と直感した。

ちょうど日本（倭国）は、まさに新たな国の統一に向けて頭を悩ましている時代であった。

述べたように、大和政権（王権）をまとめる統治体制は古墳時代中～後期、雄略帝の時代にその中央集権体制は頂点を極めたが、後継者に恵まれず、また強権的で皇族に対する排除や謀殺等、独裁的な政策が結果として破綻を招いた。

以後この殺伐とした時代が一種のトラウマともなり、〝帝、大王〟という存在以外には、これといった国をまとめる原動力、概念が見られない状態となっていた。

「このままではまたあの殺伐とした時代に戻ってしまうと思ったのじゃ」

「それにしても美しいし、それにありがたい……」

稲目はこの金色の仏像が、大型古墳に代わる次の時代の国家的象徴に成り得ることを確信した。

彼は葛城氏を祖とすると主張する蘇我氏や、同氏に従う渡来人の立場を飛躍的に高めた人物であり、政権の財政基盤となる屯倉《みやけ》の制度を推し進める等、財政政策に明るく、大陸文化についての見識が高く、さらに日本古来の大王、帝の持つ意味、機微に関しても尚熟知する、万能に近い人物であった。

要するに、「稲目に任せておけばこの国の将来をまず間違いない開明の方向に導いてくれるだろう」との衆目の信頼を寄せるに足る人物であった。

誰もが稲目がこの国にとって無くてはならない存在であることを認めていたのである。


ちょうどこの頃、稲目のライバルである物部尾輿《おこし》は別のことを考えていた。

「確かに雄略帝の頃は、帝の力が強すぎてかえって国の力は衰えた。ただしそれは決して間違った道を歩んだのではなく、神の祀り方に間違いがあったのじゃ。帝は総じてこの国のすべての神を祀る立場であっても、自らの意思を示してはならなかったのじゃ。それを正しく見守るのがこの物部の役割じゃ」

尾輿は帝の行きすぎた行動を抑えれば、再び国は十分にまとまると考えていた。

以前の葛城氏のように、力で帝に対抗するまでは必要はないものの、大王に対してはある程度の歯止めを効かせる必要があり、それができる唯一の存在が、帝と同一の祖先を持つ天孫族の物部氏であるという考えである。

そうした状況の日本に百済からの仏像がもたらされたのである。

『日本書紀』によると、五五二年（欽明天皇十三年）、百済から仏教が伝来すると、欽明天皇は礼拝すべきかを臣下たちに諮《はか》った。蘇我氏は仏教導入に積極的に賛成で、逆に物部氏は断固として反対であったという。

開明派の蘇我稲目は「大陸の優れた文化である仏教を受け入れるべき」と積極的に賛成したが、物部尾輿や中臣鎌子は、「蕃 神《あだしくにのかみ》を礼拝すれば日本古来の国神《くにつかみ》の怒りをかうであろう」と徹底的にこれを排除するべきと反対した。

有名な蘇我氏と物部氏の間での崇仏論争がここに起こった。

そこで、天皇は試しに拝んでみるようにと仏像を蘇我稲目に授けた。

稲目は仏像を小墾田の自宅に安置し、そして向原《むくはら》の家を浄めて寺とした。

このことにより向原の家は日本最初の寺となったという。

そしてこの蘇我物部両家争いと云われるものは、結局蘇我稲目が尾輿の娘を跡取りの馬子の妻として迎えることにより一時融和的に決着している。

蘇我稲目自身は基本的には融和路線を考えており、六世紀初頭、国が荒れ、皇統が途絶える危機に大和に継体帝を迎え入れた時、大伴氏や物部氏とともに大和の国の再建に協力したのが蘇我氏であった。稲目は皇統の維持のためにも蘇我、物部両氏の協力は必要なものと考えていた。

対する物部尾輿も蘇我稲目という人物には一目を置いていたようである。

両氏とも帝を奉り政治を行うということにおいては意見が一致していたのである。

「尾輿殿、この国を繁栄させたい気持ちは、私も貴殿も同じものを持っている。ともに協力してやっていきましょう」

稲目は尾輿に協力を求めた。

尾輿も、「稲目殿がそう言ってくださるなら、それには全く異論などはない。帝の伝統さえきちんと守れればそれでいいのじゃ」

そう言って納得した。

両者の合意によりしばらくの間、物部による神道と蘇我のリードする仏教が互いに排斥することなくうまく調和して時は流れていった。

このまま蘇我、物部両家の見守りのもとで政治は安定するかに見えた……。

しかし稲目の死により事態は動いた。


この頃は疫病が多い。渡来人や倭人の行き来が激しかったからであろう。

国内で疫病が流行し、病死する者が多く出た。

五七〇年に稲目が亡くなり、遠慮が無くなったことが大きかったのであろう。尾輿はその原因が仏教のせいだと批判した。そして仏像の破却を欽明天皇に上奏し、天皇の許可を得て、稲目の寺を焼き払った。家は焼けても仏像は燃えなかったため、仕方なくこれを難波の堀江に投げ込んだとのことである。

尾輿が稲目よりも少し長生きしたことが次の歴史の節目をつくってしまった。廃仏の流れが再び優勢となったのである。

しかし、それでも疫病はなくならず天災も続いたという。

欽明帝の後には非蘇我系の広姫を后とする敏達帝が即位した。そして敏達天皇元年の五七二年には物部守屋が大連となった。

この敏達帝の時代は蘇我稲目から馬子、物部尾輿から守屋への移行期になった。

それは同時に、いよいよ聖徳太子が生まれる時代を迎えるということになるのである。

太子誕生

五七四年用明天皇と穴穂部間人皇女の間に生まれたと言われる厩戸皇子は、世に聖徳太子と伝承される人物として最も強く推定されている人物である。

その聖徳太子という名についてであるが、『日本書紀』にははっきりと「聖徳太子」という呼称は出てこない。ただし、「東宮聖徳」という名では呼ばれた箇所があり、厩戸皇子について「聖徳」という概念は存在したものと思われる。

太子の死後百三十年程経った七五一年に編纂された『懐風藻』では、「聖徳太子」の名で呼ばれている。太子の師である恵慈がその死を知り、「太子は聖の徳を持たれていた」と惜しんだ逸話があるという。

聖徳太子の誕生にまつわる以下のような逸話が知られている。

五七一年、聖徳太子の母である穴穂部間人皇女の前に、全身が金色に輝く僧が現れて、「我に救世の願あり。しばらく皇女の腹に宿る」と言ったという。

その僧は、「私は西方の救世《ぐぜ》観音菩薩である」と名のったとのことである。

皇女が、観音菩薩が自分のお腹に宿ることに同意すると、菩薩が皇女の口から体内へと入っていった。皇女が身ごもり、八ケ月のときにはお腹の中から声を出したという。

それに用明天皇は大変驚かれたという。

その後、臨月を過ぎても生まれる兆候は無かったが、救世観音菩薩であるという金色の僧が現れてから一年後の一月一日、宮中を見回り中の皇女がちょうど厩戸の前まできたとき、陣痛も無く、突然お子を産み落としたという。

皇女は全く痛みが無く、自分が子を産んだことに気づかなかったという。

赤子は既に小さな仏舎利（釈迦の骨のこと）を握りしめていた。

厩戸の前で生まれたことから、「厩戸の皇子」と名付けられたとのことである。

幼い頃から聡明で生まれてすぐに言葉を話したという。


厩戸皇子といわれる所以に関しては、この伝承でも言われているように、母である穴穂部間人皇女が宮中の馬小屋の前に来たときに生まれたからと云われている。

また当時中国には景教としてネストリウス派のキリスト教が伝わっており、この逸話から、太子がユダヤの末裔である秦一族の血を受け継いでいることを暗示したものであるという実《まこと》しやかな一説も唱えられている。

もっと単純に、蘇我馬子との血統の近さから、馬子と同じ宿で生まれたということを暗喩しているのかもしれない。

様々な憶測はあるが、厩戸皇子には蘇我氏の血が流れており、彼が蘇我系のプリンスであったことは間違いがないようである。


その厩戸皇子（太子）であるが、幼少の頃から仏教に深く傾倒していたという。

二歳の時には釈迦の命日に東を向いて手を合わせ、「南無仏」と唱えたという。

幼少の頃から推古天皇が即位することも予言していたという。

そして蘇我馬子が自宅に祀っていた百済からの弥勒像を、まだ十歳の太子が供養に訪れたという逸話も残っている。

わが国、日本には何をさせても超一流という人物が時として現れ、宗教的な信仰にまで至る存在となることがあるが、後の弘法大師空海と並んで、最たる者として挙げられ、しかも日本史上その元祖であると考えられる存在が厩戸皇子、聖徳太子である。

そのカリスマ的な存在が、後に平安期に成立した『聖徳太子伝暦』に集約されることになるが、日本仏教開創の偉人として位置づける太子信仰による聖徳太子像を生み出した。真偽に確証のないものを含めると、様々な伝説、伝承が残っている。

そして、『日本書紀』でも名を厩戸豊聡耳（とよとみみ、とよさとみみ）皇子と記されているが、次の逸話は最も有名な太子に関するエピソードである。

ある時、厩戸皇子が人々の請願を聞く機会があった。皆、我先にと一斉に十人もの人々が口を開いたとのことである。皇子は一度にこの十人の発言を一語一句漏らさずに聞き入れて理解し、的確な答えを返したという。

以後の業績に関しては、また追って述べていきたい。

歴史的には厩戸皇子は、後の天智天皇系並びに天武天皇系両統の皇統からも尊崇（もしくは畏敬）の念を抱かれることになる。

皇族からの視点を含めて日本の行く末に多大な影響を与えた人物であったからであろう。

そして皇統である厩戸皇子は、後に皇族と婚姻するとともに豪族、氏族からも妃を迎えている。

厩戸皇子の血筋、家系自体が、日本人が最も好む十七条憲法の精神、「和をもって貴しとなす」を具現化している人物であったと言えるのである。

馬子隆盛

聖徳太子が活躍をしたとされるのは六世紀の終わりから七世紀にかけてであるが、その少し前から時代は再び大きく動いた。

大きなきっかけは対外的な朝鮮半島の情勢であった。

百済の聖明王が五五四年新羅との戦いの中で亡くなり威徳王が即位したが、以後百済は高句麗や新羅の侵攻に悩まされることになった。

また小国の加耶は新羅に併合されてしまった。

百済との深い繋がりがあった日本（倭国）、大和政権にとっては、百済の救援（と大儀的には加耶にある任那の復興）、新羅討伐が国是となった。

しかしここで、親百済外交のみに前のめりになることに警戒を示した人物がいた。

それが飛鳥の大政治家であった蘇我馬子であった。

蘇我馬子という人物について考えてみたい。

蘇我馬子の生年は不詳であるが、朝廷の従三位以上を記した『公卿補任』に「在官五十五年」とある。概ね五五〇年前後の生まれであろうと推測される。

ということは、聖徳太子とされる厩戸皇子よりも二十歳以上年上であったということになる。

つまり、当然蘇我稲目の積極的な仏教信仰はまず子の馬子に伝えられたと推定されるのが自然であろう。

馬子は蘇我稲目の後継者として恵まれた境遇で誕生し、またその才能は稲目に勝るとも劣らないものであったらしい。

敏達天皇の即位時、五七二年（敏達天皇元年）馬子は大臣となった。

馬子の家系についてであるが、以下のことに注目したい。

妻は『日本書紀』では物部弓削大連（物部守屋）の妹とされている。また他の史料においても馬子は物部氏の妻を迎えていることが記されている。

ということから、後の有名な蘇我物部の紛争は、豪族間の争いというよりは、実は身内の間（馬子と守屋個人の間）での権力闘争という面が強いことも推測される。

妻が物部一族であるということは、先代の稲目の意向が強く反映したのであろう。

そして馬子は稲目同様、娘を崇峻天皇（河上娘）、舒明天皇（法提郎女）、聖徳太子（刀自古郎女）に嫁がせ、権力の掌握を着実に行った。

男系の子孫については、子に蘇我善徳《ぜんとこ》、蘇我倉麻呂、そして有名な蘇我蝦夷がいる。

蘇我馬子の息子に善徳という人物がいたことはあまり知られていない。

蝦夷の兄弟であるわけだが、蘇我善徳については、実はこの人が聖徳太子ではないかという説もある。善徳は馬子の長男と思われる人物であるが、『日本書紀』において、「推古四年冬十一月、法興寺、造り竟《おは》りぬ。則ち大臣の男善徳臣を以て寺司に拝す。是の日に、恵慈、恵聡、二の僧、始めて法興寺に住り」とある。

法興寺（飛鳥寺）の寺司を務め、恵慈、恵聡の高僧を迎えた人物であるから、有能な蘇我氏の一員であることは間違いがなく、相当の能力と仏教に対する教養のあった人物であると推察される。

確かに善徳の業績が聖徳太子像と重なる可能性も十分にあったであろう。

そして馬子と仏教の間の、深い縁で結ばれた話が始まる。

先にも述べたように、蘇我馬子は厩戸皇子よりも二十歳以上も年上であり、蘇我稲目の積極的な仏教信仰はまず子の馬子に伝えられたであろう。仏教伝来の第二波である。

五八四年（敏達天皇十三年）、百済から来た鹿深臣《かふかのおみ》が石像一体、佐伯連が仏像一体を持ってきた。百済から請来した弥勒像であったという。

馬子はそれに大変興味を持ち、仏像を自ら請うてもらい受けた。

「誰かこの仏を祀ることのできる者はおらぬものか」

馬子は司馬達等《たつと》と池邊氷田《ひた》にそれに見合う僧を探させた。

そして播磨の国で高句麗人の恵便という還俗者を見つけ出した。

ここで、飛鳥にもたらされたのが弥勒像であったことから、次のようなことが考えられる。

実際、人々に弥勒信仰を伝えることを想定した場合、恵便のような高句麗の僧から学ぶのは理想的であっただろう。

というのは、遠い未来よりの救済を説く弥勒信仰については、イランのミトラ教にルーツを求める説があり、主に北朝伝来の仏教の中で伝えられたものと考えられるからである。

高句麗の仏教は前燕、前秦からの華北仏教と東晋からの江南の貴族仏教の南北両朝からの影響を受けていた。

探し出された法師が北朝の仏教も伝来した高句麗の恵便だったということは、弥勒信仰においても望ましいことであったであろう。

播磨の国では仏教の受け入れには強い抵抗があったのか、恵便は還俗していたという。

吉備の文化を受け継ぐ播磨の国においては、特に仏教受容の抵抗が強かったようである。

まだ当時は多数の廃仏派がいたのであろう。

馬子は恵便を仏教の師として、渡来人で仏教公伝以前から仏教を信仰していた鞍作部《くらつくりべ》の司馬達等の嶋という十一歳の娘を得度させて、善信尼と名付けたという。

つまり、ついに日本初の出家者が誕生したのである。

更に善信尼を導師として、渡来人女性の禅蔵尼、恵善尼も得度、出家させたという。

日本最初の僧侶、それも尼僧であった善信尼であるが、生年は五七四年（敏達天皇三年）であったという。奇しくも厩戸皇子の生誕と同年である。

また述べたように、善信尼は司馬達等の娘であり、後の有名な仏師、鞍作止利《くらつくりのとり》の叔母に当たる人物ということになる。

仏法に帰依する馬子は、三人の尼僧を丁重に敬ったという。

彼女らは蘇我氏の館の石川宅に住まっていたらしい。石川宅を石川精舎として仏殿を造り、そこで仏法を広めたのである。

石川精舎。

飛鳥石川町の石川池の畔にあったという。

そこで馬子が善信尼を呼び寄せて問うた。

「嶋や、そなたの仏に帰依する気持ちは、私にも及ばないほど深いものであるのは十分に伝わる。いったい、何がそなたをそうさせるのか？」

嶋が答えた。

「私の父、司馬達等が真の仏教を求めて彷徨《さまよ》っていた頃から、これからの仏様は、未来から弥勒菩薩になって来られて、天から私たちのこの世を見守ってくれているとお聞きしていたのです。その弥勒の仏様が現にこの世に現れたのです。これほどうれしいことがこの世にあるとは思えません」

「なるほど」

馬子は、弥勒が釈迦の生まれ代わり（釈迦の次の仏陀）として、兜率天《とそつてん》で説法をされていて、再び遠い未来にこの世に現れるということも、このとき嶋の話を聞いて初めて知った。

「そして……」

善信尼は話し出すと、感動のあまり、涙が流れ落ちるのを止めることができなかった。しばらくは何も言えなかったが、ようやく言葉を続けた。

「そして……、何と弥勒の仏様をお迎えする法会を行いましたら、お釈迦様の骨（仏舎利）が現れてくださったのです」

「何、なんと……」

馬子は感心し、この女性を通じてこそ自分も真の仏教に巡りあうことが可能になると確信した。翌年、現れた仏舎利を納める仏塔を建て、手厚く祀ったという。

この後物部守屋ら廃仏派による大弾圧を受けるが、馬子を含めて善信尼らは求道《ぐどう》を止めるようなことはなかった。


五八七年、善信尼はさらに馬子を驚かせる申し出を行った。

「出家の道は、戒律を守ることを持って本分といたします。何としても百済に行って、戒律について学びたいのです」と懇願した。

「何と……。自ら百済に行くと申すのか」

馬子は驚いたが、善信尼の信心の深さに感動した。そして、最後は自ら納得する形での結論に至った。

「うむ。そなたであれば、間違いなく戒律を学ぶことができるであろう」

結局、馬子は善信尼の申し出を全面的に支援することにした。

翌五八八年（崇峻天皇元年）、十五歳の善信尼は希望通り、百済に行くことになる。

百済で彼女は十戒、六法、具足戒を受け、二年後の五九〇年に帰国した。

帰国後は、馬子が提供した大和国桜井寺（現在の明日香村の豊浦か）に住み、そして十八歳の善信尼に従って、多くの女性が得度、出家を希望したという。

『日本書紀』には、「この年、度せる尼は、大伴狭手彦《さでひこ》連が娘、善徳と妻狛夫人。新羅の媛、善妙。百済の媛、妙光。漢人、善聡。善通。妙徳。法定照。善知聡。善知恵。鞍作司馬達等の子、多須奈（善信尼の兄）同時に出家す」と書かれている。

おおいに仏法興隆に貢献したのは間違いがない。

日本の仏教の歴史は、このように女性の善信尼から始まり、大きく発展したということになる。

先の恵便には法明という妻がいた。三人の尼に、さらに女性であるその法明も付き添っていた。

『元興寺縁起』にはこの様子を見た百済の使者が、「この国にはただ尼寺ありて、法師寺および僧なし」と述べたと、記されている。

主要な構成員がすべて女性である日本の仏教界の様相は、当時の百済の常識からはとても考えられない、驚くべきものであっただろう。

それにしても、なぜ蘇我馬子は司馬嶋を選び、女性による仏教を始めたのであろうか。

一つには、日本には、女性に神の意思が伝わるという信仰が古くから存在しており、馬子は神道の巫女と同様のイメージを仏教にも据えたとも言われている。

馬子は当時の状況から、「神や仏に直接対峙するには、女性であることの方が良い」と判断したということである。

この点、馬子は日本人の宗教観、心性をみごとに見抜いていたということになる。

またそれとともに、政治的な観点から、馬子は女性の力を最大限に用いる才覚を持ちあわせていたということが言える。

後には五九三年に初めて推古天皇を女帝として奉り、それを基に国政において絶大な権力を行使することにもなる。

そして、さらにもう一つ注目すべき政策的な重要な観点がある。馬子が尼僧を選んで仏教の布教を始めたことには、次に述べる点も含まれているであろう。

それは何かというと、馬子ははっきりとした〝政教分離〟を考えていたであろうと思われることである。

「善信尼がまことに仏の道に通じておる」

「仏教への帰依は善信尼たちにまかせたい。我らや皇子はそれを基に国の政を行っていくのだ」ということである。

しかし、言うは易いが行うのは難しいことと思われる。

情念の強い古代の時代において、自分自身の立場を宗教からほんの少しだけ距離を保った客観的な位置に置くという絶妙のスタンスをとれるということは、繊細な政治感覚を持った人物にしか為し得ない難業であると評価できる。

そしてこの点に関しては、聖徳太子と称された厩戸皇子が晩年に自らの一身を仏教に捧げ、深く傾倒していく姿とは好対照な姿勢であると言える。

この善信尼による布教については、厩戸皇子（太子）もまだ若い頃であり、大臣の馬子自身の判断で行ったものと考えられる。


このように馬子は仏教導入に関して、これまでの時代にはない独自の合理的精神を大いに発揮した。

そして述べたように、馬子は百済の没落に関しても冷静な目を持っていたと思われる。

蘇我氏の先祖が百済の直接の王族ではない（高級官人であったという説はある）、高句麗や他の地域からの渡来人、あるいはもともとは土着の豪族ではないかとも言われていることとも関係しているかもしれないが、それとは別に、馬子は百済の国力を客観的に、冷静に見抜いていたと思われる。

仏教を国力の増強に繋げたい馬子にとって、弱体化した百済からの仏教の導入だけではもの足りない思いがあったであろう。そして彼は、父の稲目が国の融合に役立つと考えた仏教を、さらに効果的に導入することを考えた。

心の中で次のようなことを決意していたであろう。

「真の仏教国になり、日本（倭国）を強国にする必要がある。百済の仏教はもちろん必要だが、それだけでは心許《もと》ないのじゃ」

また馬子には彼にそう思わさせる、歴史上の人物が存在していた。

彼の念頭には、仏教により中国華北を統一しながら、やがて仏教を捨てて大弾圧を行い国の衰退を招いた、馬子が台頭するより少し前の時代の、中国北朝の北周の皇帝、武帝の姿があり、それが大きく影響したと思われる。

北周は、まず儒教教典の周礼に基づいて三省六部の官制を整備し、租庸調と呼ばれる税制を開始した。そして仏教を採用することにより興隆したものの、五七四年、五七五年の武帝による仏教弾圧を経て、結果的には五八一年滅びた。

馬子は身内で彼の親衛隊でもある東漢氏《やまとのあやうじ》の長たちやその支族の渡来人を集めてしっかりと告げた。

「みんな、北周のことを考えてほしい。わが蘇我氏は先祖武内宿禰《たけのうちのすくね》様の時代から、この国を支えてきた名門の一族である。よって我らは、まさに国の命運を真剣に考えなければならない使命を帯びた立場にあるのだ。

北周の武帝は仏教を捨てたことにより、国の衰退をまねいてしまった。今、百済も衰えておる。是非わが国を繁栄させるまことの仏教を学ぶ必要があるのだ。北周の二の舞は絶対避けないといけないのだ」

　東漢氏の人々たちも納得した。

「どうも仏教を学ぶということは、大臣が言われるように、とても大事なことであるらしい……」

　中国では各王朝において、西域との交流が国家を統一する大きな原動力となっていた。その西域文化の核となるのが仏教の教えであった。

　律令制を中心に全国を統一する大国隋、唐の登場はまだ少し先のことであった。

「百済の南朝系の仏教は国威発揚には向かない。わが国は北伝の仏教もあわせて身につけなければならないのだ」と馬子は考えていたと思われる。

　具体的な話としては、西域や北朝と直接交流のある高句麗からも積極的に仏教を導入する必要があると考えた。この点、馬子の考えは父稲目の考えよりもさらに対外的には革新的な考えであった。


　この馬子の革新的な考えは、ライバルの物部氏に対してはもちろんのことであるのだが、結果的に、親百済を国是とする皇族までをも大いに揺るがすことになってしまったのである。

　実際稲目のときはかなり蘇我氏よりであった帝の立場も、欽明帝の次の敏達帝になるとより中立的になり、馬子は大臣就任当初、正直まだ仕事がやりにくい状態であった。

　そして敏達帝から次の用明帝の時代までは物部との共存が行われていたが、用明帝が亡くなると一気にバランスは崩れた。

ついに問題は次の帝位をめぐる争いにまで発展したのである。

先代の物部尾輿と蘇我稲目の時代は皇族を含めて何とかバランスを保つことができていたが、物部守屋と蘇我馬子の時代になると、三者のバランスを保つことが困難な事態に向かって進んでいくことになる。

大きな政変の時代を迎えることになったのである。

守屋討伐

微妙なバランスによって何とか均衡を保っていた蘇我氏と物部氏の両豪族巨頭体制による日本（大和政権）の政治であったが、ひょんなことによりそのバランスを大きく崩すことになった。

先の善信尼の話でも述べたが、五八四年（敏達天皇十三年）、百済から鹿深臣が弥勒菩薩を持って戻ってきた。まず馬子は自ら仏殿を建ててそれを収めた。

そして、敏達天皇がこの馬子の崇仏の態度に同意したことが、蘇我氏対物部氏の対立を再び激化させることになった。

五八五年（敏達天皇十四年）二月、馬子は病になった。

卜者は、「先代の稲目のときに仏像が破棄された崇りが現れた」と占った。

そこで馬子は敏達天皇に奏上して仏法を祀る許可を得た。

ところが父稲目の時代と同じでこの時もさらに疫病が流行り始めた。

三月、物部尾輿の子である物部守屋と中臣勝海は敏達天皇にこの災難がおよんだ原因は逆に仏教にあると訴えた。

「このままでは、さらなる災難が訪れますぞ！　蘇我が建てた寺と像を一刻も早く処分することをお許しいただきたい」と奏上した。

敏達天皇はうなずいた。

「うむ。やむを得まい」と仏法を止めるよう同意した。

守屋は蘇我氏の寺に向かった。

「焼き払ってしまえ！」

守屋は仏殿、仏塔を破壊し、仏像を堀江に投げ込ませたという。

さらに守屋は馬子に迫った。

「あの三人の尼をさし出すのだ！」と善信尼を含めた三人の尼僧を差し出すよう命じた。彼女たちは、守屋に見せしめとして法衣を剥ぎ取られて全裸にされ、海石榴市《つばいち》（現在の奈良県桜井市）の駅舎に集められた。

「鞭打て！」

守屋は三人の尼僧を全裸にして縛り上げ、尻を鞭打ったという。

「嶋や、すまん……」

馬子にとってはこの上ない屈辱であった。思わず涙が流れた。

それと同時に、「純粋に仏道に帰依する者をこのように仕打ちするようでは、守屋の命運も尽きてしまうであろう」との冷静な分析も馬子の頭をよぎった。

この時年長の善信尼は、馬子の期待通りに守屋に辱めを受けた後も、禅蔵尼、恵善尼の二人の女僧を元気づけ、励ました。

「お釈迦様の時にも同じように、このように苦しませられることがありました。しかし、その後に慈悲の心に巡り会えたのです。私たちも今、仏様からそのように教えられている。私は、そのような気がします」

その後も善信尼は禅蔵尼、恵善尼とともに尼僧としての務めを果たしていったという。


廃仏派の激しい運動もあったが、あいかわらずこの後も疫病は続いたという。

同年（五八五年）六月、馬子は病気が治らず、天皇に奏上して仏法を祀る許可を求めた。

天皇は明らかに崇仏派と廃仏派の間で揺れていた。

「どうしたらよいものか……」

敏達天皇は悩まれた。

「どちらの顔も立つやり方はないものか。そうじゃ……」

結局敏達天皇は馬子に対してのみ許可し、三人の尼僧を返すことにした。

馬子はたいそう喜んだ。

「嶋や、よくぞ帰ってきてくれた」

馬子は三人の尼僧を拝み、新たに寺を造りなおした。

仏像も再び迎えて供養した。

この間、疫病に関しては未だ収まらず、敏達天皇も守屋も病気になった。

人々は守屋が病気になったのを受けて、「仏像を焼いた罪を受けたのでは」とうわさしたという。

同年（五八五年）八月、病状から回復せず、敏達帝が崩御された。

しかし先代の蘇我稲目と物部尾輿の時とは異なり、馬子と守屋が再び協調する姿勢を持つことは見られなかった。

天皇の棺を埋葬まで安置して祀る殯宮《もがりのみや》においても、馬子と守屋は互いのことを罵倒したという。

馬子は佩刀《はいとう》して誄言《しのびごと》を奉った。この時守屋は「猟箭《ししや》が突き立った雀鳥のようだ」と笑ったという。

次に守屋が身を震わせて誄言を奉ると、馬子は「鈴をつければ、よく鳴るであろう。」とこれも嘲笑ったという。


敏達天皇の後、橘豊日皇子が即位し、用明天皇となった。

用明天皇は欽明天皇の皇子であり、母は馬子の姉の堅塩媛《きたしひめ》であった。明らかに蘇我氏よりの天皇である。

物部守屋はもちろんであるが、用明天皇の異母弟の穴穂部皇子も皇位に就きたがっており、天皇の即位に不満を抱いた。

結局穴穂部皇子は守屋と結びついた。そして先帝敏達天皇の寵臣三輪逆《みわのさかう》を殺害させた。

この事件の背景として、穴穂部皇子が過去に額田部皇女（後の推古天皇）に近づき、皇女を奪おうとしたのを三輪逆に阻止されたことがあり、恨みを抱いていたという。

五八七年（用明天皇二年）四月、おそらく再び疫病が襲ったのであろう、用明天皇が病に臥せることになり、三宝（仏法僧）を信仰することを欲したという。

群臣に諮ったところ、物部守屋と中臣勝海は反対したが、馬子はあくまでも詔を遵守して奉ずべきと、穴穂部皇子に命じて僧、豊国法師をつれて来させたという。

守屋は不満であったが、群臣の多くが馬子の味方であることを知り、そのまま河内国へ退いたという。


この時の守屋の行動についてであるが、政治的な駆け引きとしては明らかな失敗であった。

その理由について説明するため、少し脱線するが、中国、前漢の時代に戻って話をしたい。

漢の初代皇帝高祖劉邦の宰相（丞相）陳平は、皇帝劉邦が亡くなった折、真っ先に都長安に戻った。

韓信、彭越らの建国の功労者は、劉邦の皇后呂后の思惑で次々と粛清を受けていたが、陳平は自ら呂后に恭順と無抵抗の姿勢を示し、時を稼いだ。結果、後に呂氏一族から政権を奪還することに成功し、自らも天寿を全うしたという。他の群臣とは異なり、陳平は粛清を逃れるために、あえて皇后である呂后の懐に飛びこんでいくことを考えたのである。

実は、動乱の際に都を離れて本拠地に篭るというのは、最も危険な選択なのである。

もし国賊の扱いを受けたならば、国を挙げて追討される宿命となってしまう。

守屋は大和を離れるべきではなかった。

そして同月（五八七年四月）間もなく、用明天皇が崩御された。

五月、守屋は穴穂部皇子を皇位につけようと密使を送り、猟に出ると欺いて淡路へ来るように計画した。

六月、この事件を受けて、馬子は日本史上初と思われる、大義名分をもってのりだす。

それは皇后からの誅殺《ちゆうさつ》の命令、詔を前面に出すことであった。

馬子は、額田部皇女（炊屋姫、後の推古天皇）から「穴穂部皇子と宅部《やかべ》皇子を誅殺せよ」との詔を取りつけ、それを前面に出し、追討軍を編成した。

そして六月七日、馬子は官軍として速やかに皇族の穴穂部皇子を討伐した。

事態はまさに守屋の欠席裁判の様相で、馬子の独壇場で進行していったのである。

同年七月、次には当然の流れで、馬子は群臣に諮り、穴穂部皇子を次期天皇候補として推していた物部守屋を滅ぼすことを決める同意も得た。

諸皇子（泊瀬部皇子、竹田皇子、厩戸皇子、難波皇子、春日皇子）、諸豪族の大軍を挙兵し、守屋のもとに迫った。


それにしても守屋が河内に篭ったことは、先ほど駆け引きとしては失敗だと言ったが、気持ちとしては十分理解ができる。

というのは、河内国は物部氏の勢力地であり、まさに同じ天孫族として大王家とともに勢力を広げていった自慢の開発地であった。守屋としてはまさに自然な感覚で、ここに立て篭もったのであろう。

馬子軍は河内国渋川郡衣摺《きぬずり》の物部守屋居所を攻めるが朝廷における伝統的な軍事氏族である物部氏の兵は精強で、稲城を築いて頑強に抵抗し、馬子軍を三度まで撃退した。

物部守屋がえのきの木（ニレ科の落葉高木）の上から矢を放ち、蘇我の軍勢は、次々と射殺されたという。

仕方なく蘇我馬子の軍勢はいったん退き全軍を休め、反撃の機会をうかがっていた。

その時、聖徳太子（厩戸皇子）と馬子の間の有名な逸話が残されている。

厩戸皇子は鎧のままで、小刀で木彫りの四天王像を彫り戦勝祈願し、さらに馬子も四天王像を前に手をあわせ、寺塔を建立し、仏法を広めることを誓ったという。

「四天王のご加護の下、勝利させてくださるなら、仏塔を建て、仏教の普及に努めます」

この祈りの後、蘇我馬子率いる軍勢は再度、物部守屋の舘に攻め寄せたという。

それに対し、物部守屋も攻め寄せる蘇我の軍勢に矢を雨の降るように射かけた。

守屋の放つ矢の前に、再び蘇我の軍勢は次々と射殺されていった。

この苦境に現れたのが、蘇我馬子の舎人で迹見赤檮《とみのいちい》という人物であった。

「四天王のご加護あり！」

迹見赤檮が放った矢が、みごとに木の上の物部守屋を貫いたという。

物部守屋はまっさかさまに木から射落とされ、息絶えたのである。

この五八七年の一連の政変のことを「丁未《ていび》の変」という。

ここで視点を転じて、物部守屋の立場からこの「丁未の変」を見てみたい。

守屋としてはまさか額田部皇女からの穴穂部皇子の誅殺を命ずる詔に加え、自分に追討軍が送られるとは寝耳に水の出来事であった。

それもそのはず、皇族と物部氏は大和政権（王権）誕生以来の一心同体の存在であったし、政権のために物部氏も存在していたはずなのである。

「われらの祖先饒速日命は皇祖神、女神である天照大神と同じ天神で、われらは皇族と同じ天孫族で、一心一体のはずではないのか……」

守屋にとっては考えられない出来事が次々と展開されることになってしまった。

「他の豪族ならばまだしも、まさかこの物部が……」

守屋は自分を襲う討伐軍を目の前にしても、まだそれを信じることができなかった。

しかし討伐軍、まさに〝官軍〟が自分を討つために目の前に現れているのはまぎれもない現実の光景であった。

「物部守屋の討伐を皇后（後の推古天皇）の名の下に行う！」

討伐軍が目の前で声高らかに宣言した。

様々な回顧の念に襲われたが、現状は苛烈なものであった。

結局、守屋はなすすべもなく討たれた。

名門の物部氏の長でありながら、守屋は、「われこそが官軍であるはず」の立場が逆に賊軍とされ成敗された、日本史上最初の先例になってしまった。

またこの事変は皇后、女帝の時代には大きく歴史が動くことの先例ともなった。

「皇后はわれらを同族とは見ることができないのか……」

守屋の大きな誤算のひとつであったが、皇后により男性の帝に見られない動きをされることがあるというのは、守屋にとって全くの未経験の出来事であった。

皇后において、皇統の本質よりも外戚としての母方の一族の影響をより強く受けることがあり得るということは、守屋にとって想定外の出来事であったのである。

そしてこの動乱は後の推古天皇の即位を含めて、皇極天皇、称徳天皇の時代へと続く、皇后、女帝期における政変においても先例となった。


改めて蘇我馬子の立場から見れば、女性を登用（場合によっては利用）するという点において、馬子は他者には無い類まれな才覚を持っていたと言える。

天皇不在時に、皇后の詔をもって物部守屋の討伐の大義名分とした手腕に関しては、女性の力を極限にまで高めて、またかつそれを最大に利用した手法と言わざるを得ない。

前にも述べたが善信尼を仏教の求道者として登用したこと、さらに後の、額田部皇女の推古天皇への即位という日本史上最大の女性登用も、すべて馬子が行ったことになる。

そして父稲目と同様、自分の娘を次々と皇族に嫁がせ、外戚として権力を握る手法により、権力をさらに確実なものとしていったのである。

とにかく物部守屋の討伐により、仏教に関しては崇仏ということで国是は一致した。国を挙げて仏教を受容する方向で決定づけられたのである。

馬子と太子はともに仏教への信仰は篤く、この後二人は積極的な仏教導入の両輪となっていった。

五九三年（推古天皇元年）、太子は摂政就任直後に、四天王へのかつての戦いの感謝と約束を果たすため、日本最古の官寺である四天王寺の建立を難波にて開始したという。

そして五九六年（推古天皇四年）、蘇我馬子は飛鳥の地に蘇我氏の氏寺である飛鳥寺（法興寺）を建立した。

その後も二人とも、終生強く仏教に帰依し続けたのである。

蘇我と物部の戦いも終わり、今度こそ国はまとまるかに思われた。

しかし事は単純には進まなかった……。

丁未の変後、五八七年（用明天皇二年）年八月、額田部皇女と馬子は泊瀬部皇子を推挙して、崇峻天皇として即位させた。炊屋姫（額田部皇女）は皇太后の立場となった。

五九一年（崇峻天皇四年）崇峻天皇は群臣と諮り、任那の失地を回復するため、二万の大軍を筑紫へ派遣し、新羅に使者を遣わしたという。

外交面では確かに存在感を示したが、しかし内政においては、依然実権は馬子にあった。崇峻天皇は不満があったであろう。

また、馬子としても、このことに関して難しい現実が目の前にあった。

帝の外戚として権力を思うように集中した父稲目。そしてその後を継ぎ、物部氏を滅ぼし、さらに権力を集中させた馬子であったが、次の帝の代になることで厳しい現実を目の前に突きつけられることとなった。

それは、「血筋が近い天皇、皇族が自分にとって最も恐ろしいライバルになる」ということであった。

自分が擁立した崇峻天皇でありながら、自分に抵抗する最も警戒すべき存在となってしまったのである。

このことは、やはり、同じ蘇我系の皇族の厩戸皇子（太子）が政治的には馬子と協調する路線をとりながらも、やがて馬子と距離をとって晩年を過ごすことになることとも無関係の問題ではなかった。

まさに帝の〝純血化による独立の本能〟というべきものの強さがその本質である。

五九二年（崇峻天皇五年）十月、天皇へ猪が献上された。

崇峻天皇は猪を指して「いつかこの猪の首を切るように、朕が憎いと思う者を斬りたいものだ」と発言し、多数にわたる兵を徴兵したという。

馬子は崇峻天皇の発言を知り、天皇が自分を敵視していると考え、天皇を殺害することを決意し、同年十一月、東国から調があると偽って、東漢駒《やまとのあやのこま》に崇峻天皇を殺害させたという。

ところがその後、東漢駒は馬子の娘の河上娘を奪って妻とした。

結局その事に怒った馬子は東漢駒を殺害させたとのことである。

崇峻天皇の暗殺に関しては東漢氏の思惑もかなり強く影響した可能性がある。

彼らは実行部隊であり、東漢駒の勝手な行動を見ても、馬子が彼らをきちんとコントロールできていた保証は決してない。

実際馬子は自分の娘である河上娘を崇峻天皇の妃に出しており、実はかなりの痛手を馬子自身も受けたことになる。

とにかく崇峻天皇の後継者を至急に決めなければならない事態となった。

そして馬子は守屋討伐のときにもその徴候は見せていたが、明らかにさらに禁断の一手となりかねない次の手を打った。

それは大王史上初めて、女性の帝を擁立することであった。

それは同時に女性の帝を擁立することにより、自らが事実上の男の大王として君臨することも模索する動きでもあった。

思惑通り、五九二年皇太后であった額田部皇女（炊屋姫）が初の女性天皇として即位し、推古天皇となった。

物部守屋討伐のときも炊屋姫の「穴穂部皇子と宅部皇子を誅殺せよ」との詔を受け大義名分をもって討伐を行った馬子であったが、女帝を擁立することで権力と大義名分双方を永続的に手に入れることを目論んだと思われる。

この馬子の一連の政策はかなりの功を奏したのは事実であった。

しかし、ある意味これは禁じ手でもあり、諸刃の刃《やいば》ともなったのであった。

男系の血脈で繋がっている天皇家においてずっと女帝を永続することは不可能であり、結局次の世代、つまり自分の子孫である蝦夷、入鹿の世代にこの問題を先送りすることにもなったのである。

翌五九三年、推古の甥の厩戸皇子（聖徳太子）が皇太子に立てられ、十九歳で摂政となり天皇の補佐に当たったたという。

果たして、馬子の思惑通りに事態は進んでいくのであろうか。

いよいよ馬子と太子が政治を動かす時代に入っていくのである。

律令政治

政治的には律令制をどのように導入するかが、この時代の避けることのできない大きな課題であった。

よってこの大事な律令政治導入のプロセスについて振り返ってみたい。

大国隋、唐の国家統治の主軸は律令政治であるが、未だその姿を見ていない蘇我稲目や物部尾輿、守屋の時代においては、律令格式をもって統治を行うという概念ははっきりと現れることはなかった。

また蘇我馬子においてもその前半生には律令政治に直接触れ合うことがなく、後の五八一年隋の建国、明確には五八九年の中国統一以後にようやくその価値、存在を強く意識するようになった。

厩戸皇子（聖徳太子）摂政就任五九三年の四年前に、大陸には約三百七十年ぶりの統一王朝隋が誕生したのである。

隋は建国年の五八一年に、開皇律令としてさっそく体系的な律令を制定した。

隋の中国統一後、この情報は馬子、太子にも速やかに伝えられた。

そのインパクトは極めて大きかったと思われる。

律令制とは、古代中国から理想とされてきた王土王民、すなわち「土地と人民はすべて王の支配に服属する」という基本理念を実現しようとする体制であった。

つまりこの制度は、「一人の王だけが君臨し、王の前では誰もが平等である」とする一君万民思想と表裏一体の関係をなしていた。

日本と中国の交流においては、中国の魏晋南北朝時代は混乱期であり、雄略帝の時代を最後に、以後の大和政権の弱体化もあり、日本ではおよそ一世紀にわたって中国とは正式な交流はなく、大陸の情報を直接得る機会は朝鮮半島経由以外にはほとんどなかった。

よって馬子、太子は朝鮮半島からの渡来人、高僧から間接的に、隋が高度な文明社会を築いていることを聞かされたであろう。

隋には法律と官僚制による明確な行政制度があり、政治にはやはり、儒教を導入して役人に道徳、礼を重要視させるとともに、首都大興城（長安）では仏教が興隆していた。

そのことを聞かされた太子は、大国の隋と国交を結び、最先端の技術および文化を学ぶことで日本の実力、国際地位を向上させる必要があると思ったであろう。

蘇我馬子も太子と同じ考えであり、この点二人は協力して改革に取り組むことになったと思われる。

物部氏が失墜したことにより、馬子と太子の政治にはっきりと異を唱える者はいなくなり、太子の有能な政策もあって、馬子ひいては蘇我氏の名声、権力も日に日に絶大なものとなっていった。内政に関しては成功の一途を歩んでいったのである。

蘇我馬子は六世紀末からその勢力の全盛を迎え、後の時代になるが、七世紀に入ると次に述べる事業も進めるなどさらに絶大な権勢を示したという。

六一二年（推古天皇二十年）、国儀として堅塩媛を欽明天皇陵に合葬する儀式を行った。馬子の姉である堅塩媛は「皇太夫人」と尊称され、諸皇子、群臣が誄《しのびごと》をしたという。

この事に関しては、馬子の巧みな政治手腕を見ることができる。

蘇我氏の出自である天皇妃を天皇と合葬することにより、蘇我氏の権威も天皇と同様に高めようとしたものと思われる。

六二〇年（推古天皇二十八年）には聖徳太子とともに『天皇記』『国記』を記したという。

この『天皇記』『国記』に関しては後の乙巳《いっし》の変により消失し、残念ながら現存するものはないという。

しかし権勢が増すにもかかわらず、律令制を導入するにおいては、当初蘇我馬子は大きく悩むこととなった。

馬子も聖徳太子とともに、だんだん律令政治の重要性を認識するようになるのだが、それを理解すればするほど、律令政治に内在する大きな本質に直面するようになった。

その本質とは、「律令制に豪族、門閥は必要ない。いや、あってはならない禁忌の存在である」ということであった。

このことは馬子にとってはまことに衝撃的な恐ろしい事実であった。

大豪族蘇我氏の氏族長である馬子にとっては、ある意味、天皇家にとっての儒教における易姓革命思想を超えるショッキングな思想であった。

律令制を進めれば、蘇我氏は全く存在意義のないものとなってしまうのである。

「わしやわしらの身内の存在が、この国の邪魔になってしまうではないか……」

馬子は冷や汗を止めることができなかった。

稲目から大臣の位を受け継いでから、自分の仕事、国造りに邁進してきたことのすべてが否定されるという事実に衝撃を受けたのであった。

「どうしたらよいか分からん……」

馬子は悩みに、悩んだ。

「ここは（厩戸）皇子にお聞きするしか術が見当たらないわ……」

そうする以外の術がないと、馬子は万策が尽きた状態となった。

そして一転して今度は慌てて、当時厩戸皇子がいた上の宮に急いだ。

そこで急ぎ厩戸皇子に相談した。

「皇子、律令国とはなんぞや？　法家とか法令というものは秦や漢の時代で終わったのではないのか？」

律令制の原形は法家思想の秦、それを初期は否定したものの、漢の時代に見られると言われている。ただし、漢の時代は個別の法令をただ単に集めて整理したものに過ぎなかった。

後漢末期から戦乱の時代が長く続き、中国社会は混乱を極め、秩序はなく、ほとんど崩壊に至っていた。

この後、魏に続く諸王朝は、王土王民の理念による統治により社会を再建しようと努めるようになった。律令制は中国の魏晋南北朝時代においてはっきりとした形で出現し、その後、徐々に改良されていったのである。

律令制は、戦乱の続く時代において、食料や軍費、兵力を効率的に確保する為に発展した社会制度と言える。

翻って考えれば、日本のように小国の対立から大和政権（王権）の統一となった国では、その過程では必要性に迫られなかった制度ということになるのであろう。

律令制の目的は、土地制度、兵制、税制、地方行政を王の権力として一元化していくことである。

最初に律令制の現れた魏においては、次のように決められた。

戦乱により荒れた田地を人民に支給して軍糧を徴収する屯田制と、兵役義務を持つ兵戸を決める、兵戸制を採用した。また、税制としては、土地面積ごとに一定額の田租を賦課する定額田租と、戸ごとに物納を課する戸調を行った。これらの制度は、その後の諸王朝に継承され、律令制の基礎となった。

明帝の時代に魏新律が編纂されて、初めて律の法典化が実行された。

次に西晋の二六八年には泰始律令が制定され、これが最初の律令法典だとされている。

北魏（三八六年―五三四年、四三九年に華北を統一）は人民を体系的に支配するため、三長制という地方行政制度を実施した。これにより、租税の徴収や戸籍の作成を一律的に行うことができるようになった。

第六代皇帝の孝文帝は、三長制を基礎として、均田制、均賦制を実施した。

国から一律に耕作地を支給し、統一した徴税を行うものであり、この制度により律令制の基礎が完成した。


太子がこれまでの律令制の経緯を馬子に説明した。

「終わってはいなかったのです。やはり法令というものは必要なものであり、ばらばらではありましたが、続いて、そして残っていたのです。特に北魏の国ではそれをまとめて独自の制度、決まりを作ることに成功したのです。そして王のためにすべての民がこの決まりを守ることにより大国をまとめることができるようになったのです」

馬子は経緯には納得したが、自らの不安を抑えることができなかった。

「皇子、どうすればよいものか？」と太子にすがるように聞いた。

太子は自分の意見をしっかりと述べた。

「法令はやはり創った上で、ただしそれだけでは不十分で、やはり真の仏教の普及を推し進めることが必要になると思われます。隋や唐の仏教もまだ不完全です。わが国で本当の仏教国を創ることができれば、国も繁栄し、大臣も今の苦しみから解かれることになると思われます」

「それは可能なことなのか？」と馬子は重ねて聞いた。

太子も重要なことと分かっており、丁寧に答えた。

「可能です。ただし､仏の教えに正しく帰依することが唯一の道となります。そして､そのことによってのみ、万が一大臣が過去に間違いを犯したことがあっても救いの道が開けていくのです」

しかし、まだ馬子は不安が拭いきれず、質問を続けた。

「皇子や。仏の道とは実際に、そんな律令さえも覆いつくすことができるようなものなのかな」

太子はこれには自信を持って答えた。

「そうです。逆に律令の法だけでは不完全で、仏法、仏の教えもともに学んでこそ、初めて世のすべてに政治を行き渡らせることができるものなのです」

馬子は納得したが、その具体性について尋ねた。

「わしには、まだその姿が浮かばないが、具体的にはどのようにすればよいのだろうか」

太子は明確に答えた。

「法令に関しては憲法という、最も根本の法律を創り、その中で仏の道を尊ぶことを決めてしまうのです。それ以外の細かい法に関しては、仏の教えのもと、それこそ仏法、ダルマが自然と人々を導く形を創っていくのです」

「なるほど……。私も仏教には帰依した方がよいとは思っていたが……。そこまで可能性のあるものと考えてよいのか……」

馬子は頷いた。

そして、「皇子や、ともに仏教を発展させていきましょう」とこれまで以上に、真の仏教に触れ合う政策を推し進めなければならないという決心を太子とともに誓ったのであった。


この後の仏教の振興における太子と馬子の活躍、業績はまさに国にとって両輪といってよい存在であった。

五九四年（推古天皇二年）、推古天皇の命の下、仏教（三宝）興隆の詔を出した。

そして五九五年（推古天皇三年）、高句麗より恵慈、百済より恵聡を呼び寄せ、厩戸皇子の仏教の師とした。

恵慈、恵聡は飛鳥寺（法興寺）で仏法を説いた。

『日本書紀』には「恵慈、恵聡は内教をひろめて並《ならび》に三宝の棟梁となる」とある。高句麗の恵慈を通して北朝仏教を、百済の恵聡を通して南朝仏教をともに導入しようとしたものと思われる。

太子と馬子は百済のみならず、高句麗からの仏教を学ぶ必要があると考えたのである。


そこで、高句麗の仏教史の話である。

高句麗には朝鮮半島で最も早く仏教が伝わった。

中国から朝鮮半島に初めて仏教が伝来したのは、三七二年（高句麗、小獣林王《しょうじゅうりんおう》二年）とされている。

高句麗の仏教は前燕、前秦からの華北仏教と東晋からの江南の貴族仏教、すなわち南北朝両朝の仏教の影響を受けており、華北仏教は南朝の仏教に比べるとより鎮護国家の目的が強く、老荘思想など中国の伝統思考の影響を受けることが比較的少なく、仏典に忠実な、教義的性格を持っていた。

広開土王碑《こうかいどおうひ》で日本でも有名な高句麗王である広開土王（在位三九一―四一二年）は、仏教導入に熱心であり、仏教を保護する詔を出していた。この王の時代に東晋の僧を招き長きに渡り、自ら教えを請うている。

文咨明王《ぶんしめいおう》（在位四九二―五一九年）の時代には、逆に中国南朝の梁の武帝が学僧を派遣し、高句麗から仏教を学ばせたとの碑銘が残っている。高句麗の仏教レベルの高さを示す史実であると言えよう。

既に述べたが、五八四年、馬子は日本最初の比丘尼《びくに》（善信尼、禅蔵尼、恵善尼）を得度させるにおいて、高句麗僧の恵便を法師に選んだ。

そして、五九五年五月、恵慈が渡日して聖徳太子の師となった。

その後も六〇二年僧隆、雲聡、六一〇年、曇徴、法定、六二五年恵灌、と高句麗僧の来日が続く。

高句麗僧恵慈と百済僧恵聡は、太子の仏教の師となるとともに、政治顧問として、大陸、朝鮮半島の政治情勢についても伝えたものと思われる。恵慈は高句麗の嬰陽王《えいようおう》、恵聡は百済の威徳王より派遣された。嬰陽王も威徳王も新羅を含めた朝鮮三国の緊張関係の打開を目的に倭国（日本）との接触を求めたものと思われる。

さらに太子は、仏教以外の外教（仏教から見た外の教え。儒教、道教、景教、などのこと）を渡来人の覚架《かくか》から学んだという。

恵慈と恵聡は、飛鳥寺（法興寺）の建立と同時に、住僧となった。

飛鳥寺を中心に仏教は発展した。

述べたように、飛鳥寺は蘇我馬子が先の物部氏との戦いで四天王に戦勝祈願した時の誓いに応える形で、仏法興隆の願いを込めて、日本最初の本格的寺院として建立されたものである。

五八八年、百済から寺工、瓦博士等の技術者が僧侶とともに訪れた。

五九〇年、建立のために使用される木材を伐採してから六年後の五九六年十一月には建築が完成したという。

飛鳥寺の発掘によって明らかにされた、五重塔と伽藍を備えた荘厳な一塔三金堂式は、高句麗の古都平壌の清岩里廃寺（金剛寺）の伽藍配置と同じものであると分かった。

様式に関してはおそらく高句麗僧の恵慈らを中心として、高句麗のものが採用されたのであろう。

大和政権下には百済人を中心に、建築、彫刻の技術者が大量に訪れ、渡来人は宮廷人口の三分の一にまで達したという。ある意味、飛鳥は後の唐の長安に先行するような形の国際都市の雛形であったということになる。

仏教はますます興隆した。

そうなると、国としての次の課題は、大国隋にどう向き合っていくかという難題に移っていくのである。

遣隋使

ついに中国に漢帝国以来の統一王朝隋が生まれた。後漢滅亡後実に三百年以上の時が経過していた。西晋の統一を含めても、二百七十年ぶりに隋は中国統一を果たすことになる。

建国者は隋の文帝となる楊堅であった。

楊堅は元々北周の皇帝の外戚であり、北周の皇帝から帝位を譲り受けて隋を建国した。

その後、楊堅は北斉、陳を滅ぼして五八九年、統一を成し遂げた。


まず、隋における律令政治に関しての話である。

中国統一に先立つ五八一年、楊堅は皇帝となり、開皇律令を制定した。

この開皇律令は長年の中国歴代王朝による統治の体系が網羅されたものであり、これにより北魏時代から本格的に整備されてきた律令国家制度が、この隋の時代に完成を見たものとされている。

開皇律令は現存するものはないが、次の唐の律令の基礎になる内容が既に存在していたという。唐の律令制、官制も隋を手本にしたものと言われている。

刑罰規定である律は残虐な刑罰は廃止され、国家体制の維持を目的に、戸籍や婚姻などの規定を含んでいたという。

また行政規定の令では、後の唐の時代にも見られる三省六部や御史台《ぎょしだい》、選挙（科挙）による官吏登用制が見られ、土地制度は北魏より引き続いて均田制、税制である租庸調制、均田農民によって編成される兵制である府兵制などが採用された。

均田制と租庸調制、府兵制は三者一体で実施されて効果が上がる制度であった。この制度により、王は豪族、地方貴族に委ねずに農民を把握し、直接軍事力を手に入れることができたのである。

隋の時代からは貴族出身者を地方官に任命しなくなり、地方勢力が強大化することを防いだ。また官僚の登用に関しては、科挙により貴族が世襲で就任していたものを、原則すべての人々に登用の機会を与え、優秀な人材を確保した。

これらの政策により、中央集権化が大きく進んだ。

まさに一君万民思想により、門閥貴族に権力を持たせない方策であった。

次に隋の建国の動力、ポテンシャルの利用についてである。

隋という王朝は、北方民族の活力を膨張のエネルギーとして利用し、全土統一に成功した国である。

国家統一後、その北方の力を南方と結びつける目的で大運河工事を行った。

長江流域の地方には南朝によって開発された豊かな穀倉地域があったが、この南部と中国北部を結びつける大運河を建設したのである。南は長江南方の杭州から現在の北京近くまで全長千五百キロメートルの壮大な規模であった。

建国のエネルギーをさらに広大な南北の統一に向けようとする政策であるが、結果として、規模があまりにも大きすぎたこともあり、逆に急激な国力の衰退を招くことになった。

二代皇帝煬帝はこの大運河の工事に老若男女問わず多くの人民を徴発し、民衆の大いなる不満、反感が高まったという。

また対外戦争において、三度に及ぶ高句麗遠征を行い、そのすべてに失敗した。

大規模な国家的公共事業と外征を同時に行い、国力が一気に疲弊し、それが国を滅亡させる要因となったのである。

煬帝は最期、自らの親衛隊長に討たれたという。

六一八年五月、長安の李淵は隋の恭帝（煬帝の子）から禅譲された形をとり皇帝（高祖）となり唐を建国した。

隋は予想もしない形で、あっさりと滅んだ。

また天命が発動することになり、易姓革命が起こったのである。


隋の建国の時代は馬子と太子の全盛の時代でもあった。

馬子が太子に相談した。

「皇子や。そなたの摂政としての意見を大王の考えと思い、尊重し、意見を聞いてみたい」

「隋とはどのように交渉すればよいであろうか」

太子が答えた。

「以前、雄略帝のときに宋の国に朝鮮の支配を認めてもらおうとしましたが、失敗に終わったことがあります。無理に官爵をもらおうとしても失敗する可能性も高いと思います。まずは友好の意思を示すだけがよいかと思います」

馬子がそれに手を打って何度も頷いた。

「そうだ。私もそれがよいと思う。どうじゃ、皇子。こういうことにすれば。今回はわが国の正式な派遣とはせず、あくまでも実務と実技を学ぶために政治の話はひかえておくのじゃ。国書も持たせずに、口頭で恭順の姿勢を伝えるに留めておくということでどうだろうか」

馬子が続けた。

「それに高句麗と隋は戦争を始めている。今は休戦状態だが、いつ戦争が再開するかもしれない。あからさまにわが国が隋にのみ恭順を示すことも、高句麗との関係を考えれば拙いことじゃ」

「それでよいと思われます」

太子も納得した。


五九八年には、第一次隋・高句麗戦争が勃発している。高句麗の嬰陽王が遼西の地を侵略したため、隋の皇祖文帝は、三十万の大軍を派遣した。しかし、結果大洪水にあい、疫病も流行したため撤兵した。嬰陽王も謝罪し、一時休戦状態となっていた。

六〇〇年（推古天皇八年）の二月に伽耶（日本の主張する任那）が新羅に対する反乱を起こしてい

る。倭国は境部摩理勢を大将軍に、穂積祖足《おやたり》を副将軍として、伽耶を救援し、新羅を討伐した。

大和政権はちょうど任那を救援する為、百済、高句麗とは対新羅の協調関係にあった時期であった。


馬子は「よい案を得た」と気分が高揚し、太子と得た結論におおいに納得した。

そして実際大和政権（倭国）は国書を持たずに隋に訪朝したようである。

『日本書紀』にはその記載が無いが、『隋書』によれば六〇〇年日本（倭国）は遣隋使を派遣したという。日本としては百二十年ぶりに使節を大陸に派遣したことになる。


隋の大興城（長安）の宮殿、大興宮。

高祖文帝（楊堅）は所司（役人）を介し、使者に倭国の風俗を問うたところ、「大王は夜明け前に政務を行い、夜明けとともに弟に委ねています」と答えたという。

当時大和政権には法令もなく、政治的には客観的な基本制度というものは無いに等しい状態であった。倭国（日本）の政治体制は、隋から見れば、到底納得できるものではなかったであろう。

ところで、『日本書紀』における当時の大王は、推古天皇である。厩戸皇子（聖徳太子）を摂政として、蘇我馬子とともに政務に当たらせていた時代である。

この発言については、倭国（日本）の使者が古来の日本神話を引き合いに出したもの等とも言われているようであるが、もしこれがある程度の事実を報告したと受けとめるならば、どうなるであろうか。

馬子が実際の政務をまず司り、その後に推古天皇の摂政厩戸皇子（聖徳太子）に引継ぎ、体裁上それを公の政治としていたのかもしれない。

もしくは、推古天皇が女帝であったことを隠し、天皇と太子が叔母甥の関係ではなく、兄弟の関係であったと報告したのであろうか。そうであれば、太子の皇位継承権はさらに強まる印象も受ける。

とにかく文帝は呆れて、「倭国（日本）の政治は道理にかなっていない。指導して改めさせねばならない」と語り、当然、倭国（日本）の使者は外交関係を結んでもらえなかったという。

この六〇〇年の遣隋使に関しては『日本書紀』には記述が見られていない。

また『隋書』の記述では、使節を派遣してきた国王は、阿毎多利思比孤《あめのたらしひこ》大王という男王であったという。

『隋書』倭国伝には、上記以外にも「王の妻は雞彌《きみ》と号す。後宮には女六七百人有り。太子を名づけて利歌弥多弗利《りかみたふり》と為す」と、王妻、太子の名が書かれている。

隋の所司か、もしくは倭国の使者のどちらかが、何か適当な報告をあげたというのが穏当な解釈ではあるであろう。

しかし再びこのことをそのまま事実と受けとめるならば、やはり、王になり得るのは馬子であるという可能性が高いことになるであろう。

既に太子が二十六歳頃の年齢で後宮に女六七百人を宿しているというのは、しかも斑鳩宮に移ってからというのではまだしも、この時はそれ以前でもあるから、なかなかそのまま受け入れることは難しい。

　とにもかくにも延べたように、この六〇〇年遣隋使の様子は『日本書紀』には記載されておらず、中国側の『隋書』にのみ記載されている。

　馬子、太子はこの報告を飛鳥で早速受けたはずである。

「やはり、国交を結んではくれなかったな」

　馬子が感想を告げ、そして太子が答えた。

「それはそれでよいのです。今国交を結ぶよりは、後ほど国力を高めてから改めて求める方がかえってよい結果をもたらすでしょう」


　大和政権下ではこの遣隋使の衝撃を受けての改革が始まった。

『日本書紀』では六〇三年（推古天皇十一年）十月、推古天皇が豊浦宮から小墾田宮を新しく中国風に造営してそこに遷ったという。

　そして十二月、冠位十二階を定めた。

　六〇四年（推古天皇十二年）元旦には、臣下の者はその冠位十二階により授与された官位に従った服装で朝賀の儀式に参列したという。

　六〇四年四月には、聖徳太子は十七条憲法を公布した。

　六〇六年には金色に輝く飛鳥大仏を飛鳥寺（法興寺）に安置させた。

六〇七年法隆寺が建立されたという。

そしてこの六〇七年頃、遣隋使について馬子が再び太子に相談した。

この時、太子は本拠を飛鳥から斑鳩宮に移していた。

「宮（皇子）や今度はどのような派遣にしたらよいものであろうか」

太子が今度は次のような提案をした。

「今度は正式な使節でよいと思います。ただし、隋は正直、民衆や隣国の評判がよくありません」

馬子は頷き、

「その通りじゃなあ。恭順のみではなく、ある程度は牽制もした方が、周りの国に対する印象を含めて良いかもしれんな」と答えた。

そして太子は、今度は公式の冠位を授かった小野妹子を外交官に任命し、正式に隋に使節を送る準備を整えた。


六〇七年（推古天皇十五年）七月三日、小野妹子が遣隋使として中国に渡った。

『日本書紀』に記されている初の遣隋使のことである。

妹子が謁見したのは、二代皇帝煬帝であった。

聖徳太子が記した国書の冒頭には、次のように記してあった。

「日出ずる処の天子、書を日没する処の天子に致す、つつがなきや……」

これを知った煬帝は「今後、無礼な蛮族の書は見せるな」と激怒したという。

隋にとって倭国（日本）の手紙は、倭国の王が中国の皇帝と同等に書かれており、隋をまるで没落国家のように表現している。しかも「天子」という中国の皇帝に用いられる表現を倭国王にも使うという、常識では考えられない無礼な表現がされているものであった。

このことにより妹子は処罰されそうになったという。

しかし隋は高句麗遠征で苦戦しており、また前回とは異なり、妹子が正式な官位を授かった外交官で、倭国には正式な官僚制度ができたと判断したのかもしれない。結果的には倭国と友好を保つ方針をとったのであった。

『隋書』では翌六〇八年には裴世清《はいせいせい》という使者を倭国に派遣して友好関係を築いたという使節の記録がある。

この時隋の外交官は飛鳥の地を訪れ、朝廷で日本式の礼まで執ったとのことである。

またこの時、使節は倭国王とその妃、王子に会ったと記録されている。

もちろん『日本書紀』によれば、大王は推古天皇で女帝であり、聖徳太子も王ではない。

やはり隋から見れば、蘇我馬子が王であったのであろうか。

もしくは、倭国政府は隋の外交使節をあざむいて推古天皇が女帝であることを隠したのか、聖徳太子を王と紹介したのであろうか。様々な疑問が浮かんでくるところである。

また、帰国した小野妹子は隋の国書を途中で紛失したということになっている。

紛失が事実ならば国書の内容が、小野妹子自身にとって不利なものであったのか、または、大和政権にとって『日本書紀』に載せられない都合の悪いことが書かれていたのかもしれない。

とにもかくにも、以後遣隋使、遣唐使の派遣で多くの留学生、学僧を送り、彼らが学んだ知識を普及させ、日本は国力を高めていった。

遣隋使は、六〇〇年から随が滅ぶ六一八年までの間に少なくとも五回派遣されており、積極的に先進的知識の導入を行ったのである。

そして仏教に関連する使節について、『隋書』に次のように書かれている。

「大業三年、其王多利思比孤遣使朝貢。使者曰聞海西菩薩天使重興仏法、故遣朝拝、兼沙門数十人来学仏法」（六〇七年、倭王多利思比孤は、中国の皇帝が、自ら菩薩として仏法を盛んにしていると聞き、使者を派遣すると共に、仏法を学ぶ者を数十人同行させた。）

つまり、日本の王は、仏教導入する為、仏法を学ぶ者を多数同行させたということである。

ここでも『隋書』のこの記事を信用性があるとして、そのまま解釈すると、六〇七年の時代には男性である、馬子が王、もしくは聖徳太子が即位して帝となっていたというのが素直な解釈である。

後者の可能性に言及すれば、太子の師恵慈も師の立場ながら、太子のことを「法王大王である」と表現していたという。

しかし、時代背景を考えれば、太子は既に斑鳩宮に移っており、斑鳩宮に使節が訪れたという歴史的な記述は無く、飛鳥では蘇我馬子が直接内政を行っており、飛鳥で王として隋の使節を迎えていたのは前者の馬子である可能性がやはり高いものかと思われる。

少なくとも隋の使節はそう思っていた可能性が高いであろう。


その大国隋の仏教政策に関してである。

隋の文帝は出家仏教を重視して五岳に仏寺をおくと、北周の廃仏政策を百八十度転換して大々的な仏教振興策をとった。六〇一年からの数年間で、僧尼二十三万人、諸寺三千以上、写経四十六蔵十三万巻、石像造営十万以上に及んだという。

このときの中心施設となったのが、大興城に設けられた大興善寺と通道観（玄都観、道教を修行する施設）であった。

文帝はまだ仏教と道教を両天秤にしていたという。この両天秤は煬帝の代にも続き、さらに次の唐の高祖や太宗にまで及んだ。

大国の隋、さらに唐も仏教振興を掲げていたが、純粋な信仰としてはまだ道教にも重きをおいていたということである。

これに対して太子（および馬子）は天皇、皇族が仏教を推進することで国家もまとまり、宗教的矛盾も生じないと考えていたと思われる。

晩年の太子は隋が滅びたことに衝撃を受けていた。

「仏と、道教を天秤にかけていたのはよくなかった」と太子は分析した。

「やはり、真の仏教を完成させせるしかない……」

「形だけの仏教ではいけない。あの大国の隋でさえ真の仏教国を実現できなかったのだ……」

「そう……。仏国土をこの国で実現するのだ」

太子の志はめらめらと燃えていた。

真の仏国土の完成を斑鳩宮から目指すことになったのである。

冠位十二階

隋の建国に刺激を受けた太子は馬子との共同執政の形で政治運営し、仏教を奨励し、六〇三年に官僚制の基礎となる冠位十二階を、翌六〇四年には十七条憲法を制定して、中央集権化を進めていく。

冠位十二階に関しては、『日本書紀』には記述がない六〇〇年にあったと思われる第一回遣隋使が大きく影響したと思われる。

その当時の蘇我馬子と太子の様子を想像してみたい。

馬子と太子は議論した。

馬子が話を切り出した。

「皇子（太子）や、隋の宮殿では家臣が位に応じて異なる衣服と冠を着けていたということだが、この国でもそうした方がよいのであろうか」

太子がそれに答えた。

「その方がよいと思われます。国の秩序が保たれ、朝議もスムーズに進むはずです」

しかし、馬子が疑問の念を太子にぶつけた。

「官位を授けるのは皇帝の徳に基づくと聞いておる。遠い昔の漢帝国では、その皇帝の徳治が廃れて天の処分を受け、国がほろんだというではないか。わが国において、それでは困るのではないか」

太子は、「さすがに大臣（馬子）は、先のことまでを深く考えていらっしゃる」と感心した表情を見せた。

そして、その後に自分の意見を続けた。

「その為にも、徳が廃れるというようなことのない仏の道を私たちは進めてきたのです」

「それに……」

太子は一瞬、間を置いた。そして言葉を繋いだ。

「大臣にも官位を授ける側に立っていただこうと考えております」

馬子が驚いた。

「私が官位を授ける方に……」

「それでよいのだろうか」

太子が毅然と答えた。

「帝とともにそのようにしてもらってよいと思っています。大臣には最初から帝に頂いた紫の冠をそのまま被っていただきたいと思っています。そして大臣から皆に官位を授けていただきたいと思っています。この国では皆、政を行い、国をまとめる立場にあるのは大臣であると認めております」

次に太子は馬子の顔をじっと見つめた。そしてさらに続けた。

「ただし、今後大臣は自分がそのような立場にあることを自覚し、いっそう真摯に政《まつりごと》に励んでもらわねばなりません」

「そうしなければ……」

一瞬太子は沈黙するかのようであった。

そして、ようやく重い口を開いた。

「大臣や蘇我一族も、それこそ漢の皇族のように政治から離れていただく運命になるやもしれません」

太子は再びじっと馬子の目を見つめた。

「……」

馬子はしばらく何も答えることができなかった。彼は背中から冷たい汗が流れるのを感じた。そして沈黙の後に自らの決意とともに答えた。

「分かりましたぞ。今まで足りなかった分を含めて、この身を国に捧げたいと思う」

馬子にとっては自分の実力を確認できる瞬間であったが、それ以上に彼は、自分と一族に降りかかってくる背後にある目に見えない力とその恐怖の大きさを痛感した。

太子からの痛烈な示唆であった。


冠位十二階は、大陸、朝鮮半島諸国の冠位制度を参考にしたと言われているが、儒教の徳目である六徳目、徳、仁、礼、信、義、智をさらにそれぞれ大小に分けて十二階（大徳、小徳から大智、小智まで）の位を設置し、紫を頂点に、青、赤、黄、白、黒の色彩を用い、さらに色の濃淡と飾りで、位ごとに色分けした冠を授けたものであった。これにより、朝廷内での身分の差が瞬時で分かったという。

原則的には、血統ではなく能力によって冠位を決め、政治力の弱い豪族の出身者でも能力があれば高い地位につけることを目標にしたという。

この趣旨どおりに機能すれば、これは律令制を進める大きな基礎と成り得るものである。

馬子の大臣の冠位に関しては次のように考えられる。

天皇や皇族は別として、馬子のほかに冠位の制から超越していた者がどれだけあったか明らかではないが、どうも、馬子すなわち大臣は、上記の冠位をもらう側ではなく授ける側で、紫冠を着用していたようである。

『日本書紀』に後の六四三年に、馬子の子蝦夷がかってに子の入鹿に紫冠を授けて大臣の位を譲った記述があり、大臣が紫冠を頂いていたことが分かる。この紫冠は十二階冠位の前からあり、大臣の地位にある者が着けることを天皇によって認められていたと思われる。大連にもおそらく特定の冠があり、大臣、大連以下の官人には定まった冠の制度がなく、推古朝において初めて十二の冠位がつくられた可能性が高いであろうということである。

十七条憲法

十七条憲法は日本史上初の成文法である。冠位十二階の翌六〇四年に制定したとされている。

十七条憲法は内容的には主に官僚の行動倫理を説いたものであるが、原文の存在は明らかにされておらず、その歴史的存在さえも疑問視する意見もある。

そのような十七条憲法であるが、ここでは発想として憲法を布《し》いたということが非常に画期的な政策であるという点について強調したい。

何故ならば、日本において帝（大王）と馬子の支配を確立させるには、これ以上の法治制度はないからである。

以下の点がとても巧妙である。

まず憲法をもって国家の統制を布き、大王を最上位に置き、三宝（仏法僧）を遵守させ、行政および官僚をその支配下においた。

そして、ここが重要なポイントであるが、官僚ではない皇族や、冠位十二階を授ける立場であった可能性の高い馬子も、直接の法の支配から逃れることができたものと思われる。

古くは中国秦の時代の話であるが、法律絶対主義者である法家の李斯《りし》が宦官の謀略により、自らが中心となって作った法により裁かれ、命を落としてしまったことがある。

そのようなことを、蘇我馬子や太子を始めとする皇族は絶対に避けなければならなかったのである。

太子は先の律令の説明のときに馬子に伝えたが、日本においては細かい律令格式や法典ではなく、軸となる法令である憲法を制定し、細かなことに関しては仏教を国家的に導入することにより国家体制を構築しようとしたものと考えられる。

また、大国隋に対する現実的な外交の政治日程を考える観点から見れば、日本独自の律令を制定する時間的な余裕はなく、まずは早急に憲法のみを制定して「日本は律令国家の範疇である」という体裁を保つことを優先したという面もあったと思われる。

十七条憲法は形式としては最古の成分憲法といってよいが、述べたようにその内容自体は官僚の倫理規程や心がけに関する訓示が主なものである。

ちなみに、一七八八年成立したアメリカ合衆国憲法こそが世界で最初の成分憲法であると言われている。憲法は国民ではなく、国家を規制するものとして誕生した。連邦政府の必要は認めながらもその暴走を防ぐ為に、政府の義務と行動規範を明確化した。連邦政府、州政府、司法、議会、すべてが一つの法に基づいて行動する立憲主義を採用したのである。

十七条憲法と、この民主主義に基づき国家権力の権限と義務を定め、国民の権利や自由の保障を図る根本規範である近代憲法とは、その主旨において、全く中身を異にするものであろう。


しかし、憲法というものを考えついたというその発想力には驚かされる。

憲法をすべての法律の上位におくという概念は、現在の民主主義国家では当たり前のことであると思われるが、当時はまだ古代の時代である。しかも東アジアの小国にすぎない日本（倭国）で為政者がこの発想を持ったということは、思想における一種の革命的な奇跡であると思われる。

聖徳太子が推古天皇とともに中央集権国家を目指す上で、この十七条の憲法の存在および法が唱える精神の影響というものはとてつもなく大きかったであろう。


そして、この十七条憲法の制定が日本史上『日本書紀』に既定のものとして載せられたことが、その当初の実在の虚実とは別に、ある意味日本人の精神性を変えることになった。

古代の時代から、千年以上の歳月をかけて、原理としては立憲を素直に受け入れる精神性がすべての日本の人々に育まれることになったのである。

結果、遠い先にはなるが、明治憲法（大日本帝国憲法）制定時において、天皇をプロシア（ドイツ）皇帝に見たてることで、復古主義と立憲主義の両立という、失敗すれば一気に矛盾を表面化させる恐れのある難しい方策を見事に無事成し遂げた歴史的成果にも繋がったと思われる。

主な条文の要約は、以下のようなものである。
とても興味深いことであるが、十七条憲法の理念が、まさに日本人の精神性を変えた存在として、現代における日本人の精神性に見事に貫通している点が見てとれる。

第一条「和をもって貴しと為す。互いに争うことがないようにしなさい。上の者が和やかで下の者も素直であるならば、議論で対立する時も、道理にかない調和する。そのようであれば、何事においても成就するものだ」

これは十七条憲法の最も有名な条文であるが、現代日本人の心に繋がる、和の精神を提示しているものである。

第二条「あつく三宝（仏法僧）を敬え。本当に極悪な人間というのは少なく、仏道を正しく教えれば従うものだ。三宝に帰依しないで、どうして歪んだ心を正すことができようか」

これに関しては、現行憲法の宗教の自由を遵守する立場から、現在の日本においては、もちろん仏教のみを推奨することはなく、法的な意味合いはほぼ薄れている。日本においては、寺院の数や供養、葬礼の儀式習慣として仏教が定着したものと判断される。そして、この三宝遵守の憲法の精神は後々に述べるが、〝太子の精神〟として無意識のレベルにおいて、日本人の深層心理に入りこんでいるものと思われる。

第三条「帝の詔を受けたならば謹んでそれを受けるように」
これも現代日本においても「天皇のお言葉」をまず大事なものとする精神性に繋がっている。そして儒教における礼の上に成り立つ君臣関係をさらに第三条という条文により法的にも強化している。

第四条「群卿百寮（官僚）は礼を根本としなさい。上に立つ者に礼あれば、人民も必ず礼を守り、国家は自然に治まるものだ」
第五条「官僚は貪《むさぼ》りや欲を捨て、人民の訴えを公正に裁くように。最近の訴訟を治める者には賄賂が常識となり、賄賂を見てから訴えを聞いている。裕福な者の訴えはすぐに受け入れられ、貧しい者の訴えはすぐには聞き入れてもらえない。このようなことは役人の道理にそむくことだ」
第六条「悪を懲らしめて善を勧めるのは昔からの良い教えである。そのため人のよい行いは隠さず公にし、悪事を見れば必ず正さなければならない」
第八条「官僚たちは、朝早く出勤し、夕方は遅く退出せよ。公務は暇がないものだ。一日かけても全部終えることは難しい。遅く出勤すれば緊急の用に間にあわず、早く退出しては必ず仕事を残してしまう」
右記四、五、六、八条は官僚の倫理規程をさだめたものだが、千四百年以上経っても公務員の倫理の核として脈々と生き続けている。ある意味驚くべき現象である。
また八条に関しては公務員を離れて、現在の日本の長時間労働という問題点を生む種にもなっている。この点、十七条憲法は「働き方改革」の必要性が求められている現在の日本の労働環境に対して、負の側面を含めて影響を与えたものと判断されるであろう。

第十条「怒りを絶ち、人と自分とが考えが違っても怒ってはいけない。人皆心があり、各人それぞれ考えていることがあるのだ。自分が必ず聖人で、相手が必ず愚人ということはない。皆ともに凡人なのだ。相手が憤っていたら、自分に過ちがないかと恐れよ。自分が分かっていると思っても、人々の意見に従い、同じ行動をとらなければならない」

賢者愚者の差というものは表面的なことであり、人はみんな凡夫であり、その意味では平等であるという、現代の民主主義にも繋がるすばらしい考えである。

また、すべての人々が仏の慈悲に導かれて救済されるものであるという、大乗仏教の本質を受け入れる上での精神的素地を明確にしたものであるとも言える。後の仏教の進展を予想させる文言である。

第十一条「明察功過。罰賞必當」と、「官吏たちの功績、過失を明らかに判断し、それに伴う賞罰を必ず行いなさい」とある。

法家思想であり、後の具体的な律令制、法治国家を待つ素地を整えたものと言える。

第十二条「地方官である国司や国造は勝手に人民から税をとってはならない。国に二人の君主はいない。すべての人民にとって、王（帝）が主人である」と律令制度における一君万民の思想を明記している。

内容的には地方官の横暴を諫めることが主眼ではあるが、様式、体裁としては、まさに中央集権化するためにはこの上ない絶妙なものに仕上がっている。

第十六条「春から秋までは民を使役してはならない。もし民が農耕をしなければ、何を食べていけばよいのか。養蚕が為されなければ、何を着ればよいのか」

農民の撫育《ぶいく》を定めているのも日本らしい現象である。

第十七条「物事は単独で判断してはならない。必ず全員で論議して決めるべきである」

この条文も、現代の日本人の精神性を強く決定した事項であると言えるであろう。よい面で言えば、民主的な合意を尊重する協調性に富む日本人の最も優れた点である。自己犠牲、献身的な奉仕精神に富む、個人の美徳に結びつき易い精神性であると思われる。

それに対して問題点としては、意思決定の経緯や、責任の所在がはっきりしない、検証性に乏しいあいまいな日本人の国民性や精神性に結びつき易い条文と言える。後の時代の縦割り行政や談合の横行にも繋がる、集団としての問題性を孕んでいると言える。既にそのような精神性に繋がる芽が十七条憲法において生じているのが見てとれる。

もう一度全体を総括してみたい。

思想的に全体を貫いているのは秩序と倫理の維持に最も適していると思われる儒教的な考えである。ただし、君臣の関係において、臣下の官僚のみを法の対象としており、主である帝（大王）はもちろんであるが、皇族や大臣もあいまいに、その規定や拘束から外されている。ここが巧みである。大げさな表現かもしれないが、「憲法」を最重要法として規定して、日本の伝統を保守した運用の卓越さが、現代にまで繋がっている国家的な偉業であると言えるのではないだろうか。

政治手順としては、律令制度への進展をやや先送りし、まずは憲法の制定という形に収めたのである。太子の存命中は更なる法典の整備には向かわなかった。

そもそも太子や馬子も全面的な律令制度の導入に対しては、疑問の念があったかもしれない。実際この後、奈良時代前半までは本格的な律令制度の導入が試みられたものの、後期には早くも制度の事実上の崩壊が見られ始める。日本の国には厳密な律令制度は向いておらず、そのことを太子や馬子も既に感じていた可能性があったのではないかと想像されるのである。

対外的には、この憲法制定は、実際は第二回と思われるが『日本書紀』における六〇七年の第一回遣隋使に向けて、近代国家の証となったものと思われる。このことは外交上の既成事実としては望ましいものであったであろう。体裁上は律令国家である隋に正面から向き合うことが可能になったのである。

そして、何よりも憲法の存在は、実際の為政者である蘇我馬子の立場においてもとても大きかった。

馬子も推古帝を上に頂いている以上、細やかな律令の規定により自分の過去を咎められたり、自分の現在の特権的な身分を法的に否定、非難されることから逃れることができたものと思われる。

馬子が太子に憲法制定の功績に対する感謝の言葉を告げた。

「皇子（太子）や、そなたのおかげで私は今までと同じく、政を司ることができる。これ以上喜ばしいものはない。ありがたい限りだ」

太子は馬子に媚びることはなく、真剣な表情で答えた。

「大臣の立場のことだけではないのです。大臣を含めて、皆が力をあわせてこの国を立派な国にしていこうではありませんか。それこそ憲法第一条の『和を以って貴しとなす』ということなのです」

「そういうことだな。分かった……」

馬子はそれ以上の言葉は出さなかった。ただ頷いていた。

この時、太子は既に次のことを考えていた。

この憲法中心の国家体制の樹立の成就に関しては、律令に代わる、最も大事な国家の中身として、中国や朝鮮で見られた以上の仏教の発展、飛躍が望まれることになる。

その責務はこれ以上なく重いものとなっていった。

仏教の発展はまさに国是となった。

「仏国土を実現する以外の道はない……」

太子は斑鳩宮への本格的な移住（遷宮）を決意した。

斑鳩宮造設

斑鳩寺遺跡の東側に斑鳩宮《いかるがのみや》があった。

聖徳太子は六〇一年より建設を始め、六〇五年に斑鳩宮へ移ったという。

太子が飛鳥ではなく物部氏の勢力の跡地の一つという説もある地に斑鳩宮を造り、移り住んだ意味は大きい。

「わたしは帝の血、それに物部とともに行った政治も受け継いでいる。この国をまとめる為、この斑鳩の地で新たな都、仏国土を造るためにやっていこうと思っている」

太子は日本（大和政権）の国のため、粉骨砕身の決意で望むつもりであった。

斑鳩宮に旅立つ前、太子は飛鳥寺で恵慈と恵聡らの高僧たちと日夜、仏教について語り合った。師の恵慈と恵聡からは最先端といえる仏教の真髄というものを学んでいたが、同時にこれらの師から、大陸では仏教界にも世俗的な限界が現れていることも学んでいた。

恵慈が説明した。

「隋の仏教も国内をまとめるには至っていません。人々の間でも道教を信ずる者が多く、皇帝もまだ揺れております。

以前、魏や北周の皇帝の中には仏教徒に裏切られ、大弾圧に転じた皇帝もおり、隋の皇帝もまだ仏教には猜疑心を抱いているのです」

そして恵慈が最も言いたいことを続けた。

「何よりもあのわが国（高句麗）に対する、無慈悲な侵略……。とても仏道の精神が行き届いている国がする行為ではありません」

「なるほど」

太子は目を閉じ、うなずいた。そして独り言のようにつぶやいた。

「梁の武帝のように、利他行を行うしかないな……」

「しかも、もっと深く、広く……」

太子の念頭には百済にまでも仏教を布教した中国南朝の梁の武帝の姿があった。

太子はもう一人の師である百済僧恵聡から、その南朝の〝皇帝菩薩〟と言われた武帝の話もよく聞かされていた。

今度は恵聡が言った。

「しかし、その武帝の捨身《しゃしん》も実を結ばず、梁は滅んでしまったのです」

南朝では五〇二年武帝が斉を滅ぼし、梁を建国した。

武帝は仏教を深く信仰し、戒律を守り、自らを「三宝の奴《やつこ》」と称して精力的に仏寺を建立した。南朝四百八十寺という言葉があるが、梁には数百もの寺院があったとされる。武帝は自宅を寄進して光宅寺を造り、また同泰寺を建て、さらに父母や皇后のための寺院も建て、たびたび捨身を行ったという。

梁の諸王や貴族も武帝を尊崇し、仏寺の建立を倣った。

「とにかく寺を建立し、寄進を行い、仏法を広めていかなければならない」というのが武帝の立場であった。

梁の仏教界では、梁の三大師として、法雲《ほううん》、僧旻《そうみん》、智蔵《ちぞう》がいた。これらの三僧はすべて、五世紀後半から六世紀にかけて活躍した名僧である。

法雲は武帝の帰依を得て光宅寺に住み、光宅法師と呼ばれ、『法華義記』を著した。この法雲の『法華義記』を手本に、後に聖徳太子は『法華義疏』を著したという。

僧旻は、興福寺で「成実論」を講じ、「般若経」を注釈し武帝に献上した。また武帝の命で「勝鬘経」も講じたという。後に太子も推古天皇に「勝鬘経」を講じている。

智蔵は、武帝の命により「成実論」「般若経」「金剛般若経」などを講じ、著作に『成実論大義記』『成実論義疏』がある。

この名僧たちの経歴には「成実論」がよく出てくる。

「成実論」は法が空であること、三宝（仏法僧）、四諦（人生の根本にある四つの真理）の意義を論じたものであるが、これには太子は、はっきりとした興味を示していない。「成実論」に関しては、中国においても「空」の理論に偏りすぎているとの厳しい評価があるが、太子もある程度この意見に同調したものと思われる。


太子は恵慈に聞いた。

「空の概念は、それにこだわり過ぎること自体が良くないのではないですか」

恵慈も同調した。

「私もそう思います。解明しようとすると、逃げていってしまうのです。極めて難しい……」

恵聡が武帝の話に戻り、続けた。

「武帝の造った国は本当によい国だったのですが……」


百済武寧王は五一二年に朝貢の使者を梁に派遣、九年後の五二一年にも再び使者を派遣して、梁の仏教文化を積極的に導入した。百済は梁の国造りを手本にしていたのである。

日本に百済から仏教が伝えられたという五三八年も中国南朝ではまだ梁の時代であり、梁は百済を経て日本の仏教にも大きな影響を与えた。

日本には直接伝わらなかったようであるが、五二〇年武帝が、インドから広州に渡った中国の禅宗の開祖である有名な達磨大師を迎え、問答を行ったという逸話も残っている。

梁はこのように仏教大国であったが、武帝の晩年は仏教保護のための膨大な出費がかさみ、人民に負担がかかり、政治は次第に不安定になっていったという。

武帝は失政を外征で回復すべく、北朝から投降した武将の侯景を任命し、北伐の軍を起こした。しかし侯景は淮河流域で東魏の大軍に敗れ、逆に今度は態度を急変させて武帝に反乱を起こしたという。五四九年侯景は都建康に侵略、都城を包囲し、結果武帝は攻められ、餓死したという。侯景はさらに江南地方を略奪し、建康と江南は栄華を失った。

これが繁栄を極めた南朝梁の末路であった。


あれだけ偉大な梁の武帝が、結果的には国を滅ぼしてしまった。

「真の仏国士とは、それほど難しいものなのか……」

太子は目を閉じた。

そして再び目を開いた時、心に秘めていた思いを遂に口にする形で、決意を表明した。

「梁の武帝を越えて、自らの帰依だけではなく、仏の道にこの国のすべての人々を導いていかねばならぬ。結果、国の力も弱まるようなことは、決してあってはならない！」

梁の武帝も、また後の隋の煬帝も、結局財政的な過度の負担を民衆に押し付けることになってしまい、国の滅亡を招いてしまった。

「民に負担をかけない形で真の仏教を極めていかなければない」と太子は決意した。

しかし、仏教に帰依していればいるほど（世俗）権力からは離れなければならないのが、仏陀以来の教えである。

これは為政者でもある太子にとって、極めて難しい問題であった。

この難題にチャレンジしたのが斑鳩宮での生活であった。


太子は斑鳩宮に遷った。

斑鳩宮では現存する法隆寺の東伽藍に太子は寓していたと思われるが、まず法隆寺の原型となる斑鳩寺が推古朝に建立されたものと思われる。

斑鳩寺の伽藍配置に関しては、聖徳太子が建立した四天王寺と同じく、門・塔・金堂が一直線に並んでいたという。

法隆寺の本尊である国宝の本尊仏薬師如来坐像の光背銘文に、「用明天皇が自らの病気平癒のため伽藍建立を発願し、用明天皇の治世五八六年、後の推古天皇と聖徳太子が寺と薬師如来像を造ることを誓願したものの果たせず、用明天皇がほどなくして亡くなったため、意志を継いだ推古天皇と聖徳太子の命を受け、六〇七年（推古天皇十五年）、（寺と像を）仕え奉った」という内容の記述がある。

斑鳩宮自体は自らの拠点であるが、亡き父、先祖の供養を行う目的でここに寓し、寺を創建したものと思われる。

しかし太子の大きな目的としては、斑鳩宮を拠点として「この斑鳩の広大なエリアを普《あまね》く仏法が導かれる地にしたい」という壮大な構想があったものと思われる。

広大な斑鳩エリアでの仏教的発展、変革を想定していたということである。

太子は自ら僧形はとらず、在家のままで皇族や氏族の妃を迎える形をとり、その妃ごとに斑鳩の地に宮を創成していった。

聖徳太子の最初の后（太子が即位すれば皇后になり得る皇統の妃）は、敏達天皇と推古天皇との間に生まれた菟道貝鮹《うじのかいだこ》皇女だった。彼女との間には子供もなく、どこに住んでいたのかも明らかではないという。

斑鳩宮に遷った頃にはおそらく死別していたと推察されている。

従って菟道貝鮹皇女とは、斑鳩の地でともに住むことはかなわなかったと思われる。

太子は皇女と送った日々に思いを巡らした。

「菟道の皇女に関しては、手厚く弔わねばならない……」

まずは、父用明天皇と菟道貝鮹皇女の供養を手厚く行ったと思われる。

斑鳩宮において、太子の妻帯する結婚生活は、当時としては特異なものであった。

当時は天皇家、皇族においても、夫が妻のいる実家に通うという、妻問い婚のような形態が一般的な結婚様式だった。子もその母方の家で養育された。つまり身分や生活の基本が各氏族にあり、重婚が特に大きな問題となることはなかった。

皇族から見れば、この形態は様々な氏族に妻子を設け、皇族と各氏族との結合を強める政略結婚的な側面に都合がよかったと思われる。

しかし聖徳太子は斑鳩の宮に移るにおいて、今までにない全く新しい生活概念を持ち込んだのである。

当時、聖徳太子には複数の妃が居たが、いずれの妃にも実家を離れて斑鳩宮の近辺に住まわすようにした。すなわち、斑鳩宮を中心として、仏教に帰依する場所としての宮群を形成したのである。

太子は自らの結婚観について語った。

「できるだけ多くの妃をこの地で迎えようと思っている。斑鳩の宮はそのような国にしようと思っている」

聖徳太子は蘇我の馬子の娘、刀自古郎女《とじこのいらつめ》を妃にしていた。彼女との結婚は早い時期に行われたと思われ、岡本宮に住まわせたと思われる。

岡本宮は後に法起寺に改築されたという御殿のあった宮である。

刀自古郎女との間に有名な山背大兄王を始め男王三人、女王一人がいたという。

聖徳太子が最も愛した妃とされている膳部菩岐々美郎女《かしわでのほききみのいらつめ》すなわち膳大郎女《かしわでのおおいらつめ》は、飽波葦垣宮《あくなみあしがきのみや》に住んだ。

『大安寺資財帳』や『聖徳太子伝私記』では、聖徳太子が膳大郎女とともに晩年をこの宮に過ごしたと伝える。

今は法隆寺南に上宮《かみや》遺跡の発掘跡の南にある成福寺跡となっている。

飽波葦垣宮はその後も長く存続し、奈良時代には常設の行宮として利用されたと思われる。『続日本紀』には、称徳天皇が七六七年（神護景雲元年）に飽波宮に行幸し二日間滞在したと記す。さらに二年後にも河内の由義宮《ゆげのみや》に向かう途中に立ち寄ったと記録されている。

後の称徳天皇の太子に対する信仰を偲ばせる史実である。

その菩岐々美郎女、通称膳大郎女は、膳臣加多夫子《かしわでおみかたぶこ》の娘である。膳臣は若狭国造だったと思われ、古来宮廷において食膳を司った氏族である。

先祖には雄略天皇の時代に任那日本府の将として対高句麗戦で活躍した膳臣斑鳩がいるという。また推古天皇の時代に、新羅、任那の使いが来たとき客人を迎えた膳臣大伴部が存在していた。

要するに、朝鮮半島との外交、軍事に重用された渡来系の氏族であったと思われる。

膳臣斑鳩という名から想像すると、斑鳩の地は膳臣の所領する地で、太子が膳大郎女との縁を機に土地の献上を受けたのかもしれない。

橿原市膳夫町には厩戸皇子と膳大郎女の馴れ初めの伝承が残っているという。さらに、同所には膳大郎女が母のために建てた膳夫寺の跡が残っている。

馴れ初めの伝承には以下のようなものがある。

室町時代の十五世紀前半に、沙弥玄棟（沙門玄棟）という僧が撰者として著した説話集『三国伝記』というものがあるが、日本の和阿弥という遁世者の話として次のような内容の伝承が記術されている。

聖徳太子が二十七歳の春に膳村に行啓したのであるが、その時太子は芹摘みをしている三人の女性に出会った。

「皇子様、ようこそおいでなさいました」

そのうちの二人の女性は太子に走りよって奉迎したが、残った一人は芹を摘み続けていたという。

太子は不思議に思い、従者に理由を尋ねさせた。すると、その娘が次のように答えたという。

「私は赤子の時に橘山に捨てられて、そして膳村の老女に拾われ、育てられたのです。今日初めて、芹摘みに来ました。養母の恩に報いるために芹をたくさん摘みたいので、太子様を奉迎する余裕がないのです」

太子は親孝行な娘を気に入り、その夜に、娘を妃にするために訪ねると約束したという。

しかし夜になっても太子が現れず、村人は嘲笑したが、太子は夜半過ぎに現れ、老女の接待を受け、娘を宮中に迎え入れたという。そして、娘を第一の妃、膳手の妃と称したということである。

奈良県の「膳夫姫伝説」にも以下の同内容の話が伝えられている。

五九八年三月、聖徳太子が行幸していた時、沿道の人々が太子をひと目見ようと人垣をつくっていた。その中でたった一人無心で芹を摘んでいる少女がいた。この少女を聖徳太子が不思議に思い、声を掛けたところ、芹摘みをしていた少女は、

「私の養母は病気で、看病のために芹を摘んでいます。太子の御幸はこれからもあるでしょうが、私の養母（古勢女）の命はひとつだけです。奉迎しないことをお許しください」と答えたという。

太子は少女の親孝行の気持ちに感心し、歌を一首贈った。少女も太子に対して返歌を贈ったが、こ

の返歌がすばらしかったので、太子は再び感心し、とうとう妃として宮中に迎えることにした。そして少女は宮中で配膳などを任され、膳夫姫または芹摘姫と呼ばれたという伝説である。

膳大郎女は所謂、〝大和撫子《やまとなでしこ》〟といわれる女性の古典的な典型である。ある意味聖徳太子も清き日本男子の典型となった人物であり、この夫婦関係はまことに清らかで美しい、理想の夫婦関係の原型となったものであると思われる。

推古天皇の孫娘、位奈部橘王《いなべのたちばなのおおきみ》（橘大郎女《たちばなのおおいらつめ》のこと）は、聖徳太子が晩年に妃として迎えた女性とされている。聖徳太子は橘大郎女を母の穴穂部間人皇女と一緒に中宮寺の前身の宮に住まわせたと思われる。

この将来皇后となり得る貴種である推古天皇の孫娘を妃に迎えているということは、やはり晩年においても太子の即位の可能性や期待があったことを示す重要な史実であろう。

六二二年太子が亡くなられた後、橘大郎女が亡き太子のために、太子が往生なされている天寿国の様子の図像を、椋部《くらひとべ》の秦久麻《はたのくま》を令者《つかさ》（監督）にして、采女達に織らせたのが中宮寺に残る日本最古の刺繍「天寿国曼荼羅繍帳」である。その銘文には太子の言葉として有名な「世間虚仮《せけんこけ》、唯仏是真《ゆいぶつぜしん》」が書かれている。

「世間虚仮、唯仏是真」

この言葉には太子の世界観、仏教観がよく象徴されている。仏の世界を生涯信じてこられた太子らしいすばらしい言葉である。

橘大郎女が率直に太子に尋ねた。

「この世の中が仮の姿でしかないとしたら、私たちは不幸な世の中に生きているということになるのではないですか」

太子は優しく微笑み、そして少し首を振って答えた。

「仏は既にすべての生けるものに光を与えてくださっているのです。そのことに気づき、生きていくことが真の生き方であり､すべてが満ち足りており､微塵も不幸を感じるようなものではないのです」

その真意に気づき、橘大郎女に安堵の表情が戻った。

「よかった……。太子様」

橘大郎女は太子の仏教理念に対して最も理解ができる女性であった。

高度な仏道に関する、太子との会話にも理解が及んでいたものと思われる。


この斑鳩での太子の求道生活は、もちろん妻帯を受け入れる、というよりもむしろ積極的に多妻を表明していくスタイルであり、この生活自体に仏道的な意味も込められていると思われる。そういうことからは、後の太子を崇拝する親鸞の信仰に繋がる祖型が、斑鳩の地においてすでにあったとも考えられる。

三経義疏

聖徳太子は多くの仏典の中、「法華経」、仏典の中でも唯一女性が主人公の「勝鬘経」、そして維摩居士と弟子の仏教の問答である「維摩経」の「三経」を選び、これら三経の注釈書である『三経義疏』を著したという。

ただし『日本書紀』には、『三経義疏』を聖徳太子が著した記述は見られず、「勝鬘経」と「法華経」の講読について述べられているだけである。

平安時代の『上宮聖徳太子伝補闕記』によれば『勝鬘経義疏』が六一一年、『維摩経義疏』が六一三年、『法華義疏』が六一五年に成立したとされている。

まずは最も実際に太子が著した可能性の高い、『法華義疏』について述べたい。

『法華義疏』の著作が太子のものであるとすれば、それはもちろん斑鳩宮で行われたものであると思われる。

六一五年に完成したと言われる『法華義疏』は、聖徳太子が晩年になって草稿したとされる、「法華経」の注釈書である。紙本墨書四巻からなり、日本最古の書物と言われている。

ちょうど同年の六一五年、太子の師である恵慈が日本から高句麗へ帰国する。

時代的には師の恵慈が帰国するにおいて、太子が恵慈への感謝の念をこめて、恵慈とともに修行した証として「法華経」についての自分自身の注釈を行おうとした行為は、十分に納得できるものがある。

「恵慈様にこれを持って帰ってもらわねば……」

そうすれば、太子は恵慈の帰国にあわせて、義疏の作成については多少急いだことであろう。

その『法華義疏』の作成が事実ならば、先に触れた中国南朝、梁の仏教が太子へ強く影響したものと思われる。

既に述べたが、梁の名僧法雲は武帝の帰依を得て、「法華経」の注釈書『法華義記』を著した。『法華義疏』は『法華義記』と七割方が同文で、これを手本に書かれたものと思われる。

『法華義疏』には著者や太子の署名はない。よって太子の著書ではないという説もある。しかし、第一巻の巻頭には別紙で、「これは日本の上宮王（厩戸皇子）が私的に編集したもので、海の彼《あなた》の本にあらず」と記されている。

本文の行間には書き加え、訂正が見られ、草稿本の形となっている。日本最古の書物であると言われているものである。

『法華義疏』の序文において、「釈迦如来が身を示現した大意はこの経（法華経）の教えを説いて大乗の極果（大果）を得ようとすることである」とある。一切の衆生が救われる釈迦の教えを説いた経典が法華経であることを明示している。

多数の書き加え、推敲の跡がある。多くの著者とされる太子の悩み、それとともに恵慈の帰国に何とか間にあわせたかった気持ちが推し測られる。

法華経において特に重要とされる説法に関連することであるが、「法華経」から見た「五時」に関して、少し話をしてみたい。

『法華義疏』のなかで「五時教」としての注釈がある。

宗派ごとに各教の経典を解釈する考えに教相判釈というものがある。

後の天台大師によって明確化した天台宗の教相判釈においては「五時八教」の体系が明確に示されており、「五時」とは、釈尊一代の化導（衆生を教化して善に導くこと）を説法の順序に従って、華《け》厳《ごん》時《じ》、阿含時、方《ほう》等《どう》時《じ》、般若時、法華涅槃時の五期に分類したものとして説明されている。

しかし、太子の時代の『法華義疏』により唱えられた「五時教」はそれとは少し異なる。

『法華義疏』は「妙法蓮華教方便品」において、「五時教」として、「『阿含』（初教）により四諦、十二因縁を、『般若』により真諦を、『維摩』により病を知り、薬を識ることを、『涅槃』により仏果の常住なることを明らかにすることが実智として説かれ、そして『法花（華）』により一人が、一機をもって、一教を感じ、一理を説くことを明らかにすることが実智として説かれる」と各教における実智の容態について述べている。これはこれで、みごとに各経を喝破している。

重要なことは、その差異もあるが、時代背景としてまだ太子の時代には華厳時についての記載はなく、華厳の教えに関しては太子のもとには十分に伝えられていなかったということを確認しておきたい。

そして太子の時代以後「法華経」は、日本の仏教界において主要な立場をとり続けることとなる。「法華経」とは一体にして永遠な一乗の法（妙法）によって、仏性を持つすべての生きるもの（衆生）が成仏することを説いた教えである。

その教えにおいて、仏（釈迦）が様々な方便をもって説法されたのは、最終的には、仏の悟りをそのままに説かれた「法華経」により衆生を成仏に導くためであったとする。

ここに重要なポイントがある。

法華経はある意味、究極の方法論であり、逆に言えば、それが故に教としての完成というものがなく、歴史的にはそのことがかえって経の生命力となり、時代とともにその全貌を変えながら活力を持って生き続けることとなるのである。

仏教というものは、永遠の悟りを求め、煩悩を断ち切ることを欲するものでありながら、人間という生き物には完成がなく、悩みが無くなることもない。

よって、法華経の教えも衆生を成仏に導くため、永遠に続くこととなるのである。

日本では後の平安時代、弘法大師空海も密教の教えを最高のものとしながら、後年法華経の価値については違う視点から再評価するようになったようである。

同じく伝教大師最澄は法華一乗思想をさらに進め、法華経千部を奉納した塔を日本全国に六基建立し、法華経により鎮護国家を成し遂げようとする壮大な計画を立てた。

さらなる後、藤原道長は法華経に通じ、現在知り得る日本最古の同教の教塚を吉野の金峰山に営んだ。

鎌倉時代の浄土信仰の興隆の時代にも、日蓮は法華経一経の信仰をもって超然と浄土信仰を批判し、国難に耐え得る唯一の教義とした。

以後も法華経の歩みは続くことになる。


聖徳太子に話を戻す。

梁の法雲による注釈書『法華義記』では「常に坐禅を行うのがよい」と参禅を勧めているのに対して、聖徳太子は『法華義疏』でわざわざ「常に坐禅を行うような境地に近づかないように」という注釈を施している。

禅の教えが深まっていくのは太子の死後のことであり、太子は坐禅に関しては、非利他的な〝小乗の行〟という印象を持ったのであろう。

また政治的要因として、次のことがその発言の大きな要因として考えられる。

太子は天皇を補佐する摂政という重要な政治的な立場にあった。

禅の導入に関しては、達磨を招き、禅にも大いに興味を示しながら、国を滅ぼしてしまった梁の武帝の末路を見習ってはならないという戒めが強かったであろう。

「決して梁と同じ運命に導いてはならない！」

それは太子が強く胸に刻んだことであった。

そしてさらには、仏道の行において、太子は体質的にも禅とは肌が合わない面があったのであろう。

「特に行動を起こさずに瞑想するだけではいけないだろう……」

後の儒学的な考えではあるが、太子は認識と体験とは一体不可分であるという、知行合一的な人物であったと思われる。禅の背景にある中国南朝で盛んであった老荘思想は、太子の気質、体質には合わなかったであろうと想像される。

摂政である太子は、日本の神に加え仏をさらに大きな存在としてうちたてて、国策として人々を救済させていかなければならない立場であった。

自らが修行僧、禅僧のような行いを率先するわけにもいかなかったであろう。

そして、さらなる難問も太子を悩ませることになる。

『法華義疏』からも太子の様々な葛藤が伝わってくるが、何よりも根本的に太子自身の頭を悩ましていたのが仏教上の「空」の概念の理解、及びそれに伴う実践に関しての問題であった。

法華経、ひいては大乗仏教が中国に伝播する大きなきっかけとなったのが、鳩摩羅什《くまらじゅ》が四〇一年に後秦の皇帝姚興《ようこう》に迎えられて長安に入り、『妙法蓮華経』の訳経を行ったことが大きい。

この時、鳩摩羅什は竜樹の「空」の理論の翻訳にも大いに精力をつぎ込んだ。

すなわち時代的には法華経とともに難しい「空」の概念も同時期に中国、そしてさらに日本に入り込んできたことになる。

「空」の概念を本格的に追求、究明する宗派が三論宗であるが、この三論宗を大成したのが『三論玄義』を著した中国隋代の嘉祥大師吉蔵（五四九年—六二三年）であった。

従って三論宗という宗派によって確立した「空」の理論が日本に入ってくるのは太子の時代のやや後の時代ということになる。

実は、太子の師である高句麗僧、恵慈はこの発展中の三論宗の僧であったと言われている。

逆に、そうであったが故に太子の時代においては、師弟ともにこの難しい「空」を理解、克服することが、必要以上に挑まなければならない強い命題となった可能性があると思われるのである。

この「空」という巨大な概念の前には恵慈、太子の二人は、師弟というよりもむしろ究極の難問に挑む同志であった可能性が高い。

恵慈がまだ飛鳥にいた頃、太子が恵慈を逆に励ますように言った。

「何とかこの問題（空の理解）を乗り越えていきましょう」

「はい。法王太子様と一緒ならば、やっていけそうに思えるのですよ」

恵慈は喜んだ。

中国南朝ではこの「空」の理解に関しては、理論的なものよりも老荘思想をベースにしての禅の実践、禅観が広まった。

先に述べたが、梁の武帝の時代には達磨を都に迎え、そこで問答をしたという。南朝では禅の探求がさかんであった。

そして太子の生まれる六世紀の中頃の話である。

慧命《えみょう》という南朝の僧は、日夜野や山に遊行し、座禅を行ったという。慧命はこの行により荘子の思想の理解にも努めたという。

後にはこの慧命の修行が華厳経に命を吹き込み、奈良時代に日本で仏教が隆盛する種を蒔《ま》いたと言われている。

いわば、太子の仏国土を造るという目的には尊重すべき人物であったと思われる。

おそらく、慧命の修行のことも梁を経て百済に伝わり、少しは太子のもとにも伝えられたと思われる。しかし、慧命に代表される禅の考えを太子が受け入れることは、先の『法華義疏』の時に述べたように当時の段階ではまだ困難であったのだろう。

時代は慧命から少し進んだ時の話になる。

実は華厳宗の開祖と言われる杜順《とじゅん》は五五七—六四〇年の間を生きたといわれているが、まさに太子と同時期を生きた人物である。

この人物は「空」の実践を、民衆を救済する利他行である普賢行と理解して行った。

このことによりそれまでの茫洋とした華厳の教えに魂を吹き込み、華厳宗とされる一つの宗教にまで高める功績を残したという。

聖徳太子は仏や菩薩たるものは一切の衆生を供養する存在であると、利他行の重要性を説いた。

よって杜順の考えは利他行を重視する同時期の太子にも、もし接触する機会があれば、価値観を共有する可能性は極めて高かったであろう。すなわち、「空」の概念を利他行に転化し、行として昇華させるという点では、目的としては太子と同様なものを持っていただろうことが推察されるのである。

残念ながらその機会はなかった。

同世代の偉人たちでもあり、後世から見ると是非太子と杜順の対面は見ておきたかったものである。

太子は恵慈の帰国後、「空」に関する自身の結論を、もう今はいない恵慈に伝えるかのようにささやいた。

「本来何もないということは、自分自身が自分以外の他人の中でこそ生きているということであろう……。そうですよね、恵慈様」

もう恵慈はここ（日本）にはいない。

太子は「空」の実践に関しては普賢行のような利他行にあると確信していたと思われる。

そして、太子の確信はさらに発展し、言葉こそないが〝捨身解脱〟と言ってよい境地にまで高めたと思われる。

続いて「空」の概念にも関連する、『三教義疏』のうち『日本書紀』には記載のない、『維摩経義疏』についての話である。

「維摩経」は在家の信者である維摩居士と釈迦の弟子や菩薩との問答を通じて、大乗の立場や「空」の本質を捉えようとする経典である。

維摩経の内容として特徴的なものに、不二法門《ふにほうもん》と言われるものがある。

不二法門とは互いに相反する二つのものが、実は別々に存在するものではない同一のものであるということを説いている。生と滅、我と無我、煩悩と菩提などは、それぞれ相反する概念であるが、それらはもともと二つに分かれたものではなく、一つのものであるという考えである。

「空の本質をつかみ、かつ実践するには維摩の教えが最もよいのではないですか」

太子は恵慈がまだ日本にいた頃、そう聞いた。

恵慈が答えた。

「私もそう思います。私たちも仏門を学ぶも、やはり国家のことは常に忘れてはならない。維摩の教えこそが空、般若を学ぶとも、自分だけの独りよがりの世界に陥ることを警告してくれるものなのです」

太子は梁の三大師の業績を学び、『法華義記』、「勝鬘経」に関してはそのまま『義疏』を著し、「成実論」の主題である般若、空の理解に関しては先に述べたように、太子と恵慈の大きなテーマであった可能性が高く、まずは「維摩経」にその道筋を委ねたものと思われる。

また「維摩経」に関しては、「勝鬘経」における推古天皇の存在に対応して馬子（もしくは太子自身）の存在が選定の動機になった可能性も考えられる。

定説にはないが、維摩経を選んだのには、在家信者である太子本人、もしくは馬子の姿を描いた可能性があると思われる。


『三教義疏』の選定を馬子に太子が告げたとき、以下のように馬子が太子に問うたと想像する。

「維摩経が選ばれているのは、やはり恵慈の薦めがあってのものですかな？」

太子が答えた。

「恵慈様ももちろんですが、私もこの国を治めるということにおいては、是非大臣に維摩の教えを実践していただきたいのです。大臣はまさに立場においても、維摩居士そのものです」

確かに馬子は在家の維摩居士の生まれ変わりといってよい存在であった。

自らが出家することはなかったが、真の仏道に帰依する気持ち、理解を見せた者は日本（倭国）の豪族において、馬子を除いて他には居なかった。

善信尼を得度させ、仏教を飛鳥に本格的に導入したのは馬子以外の誰でもなかった。飛鳥寺における布教、帰依の充実度も斑鳩の太子とは双璧の存在となっていた。

「うむ、私が。そこまでやれるかどうかは分からんが、とにかくそのような気持ちで努めていきましょう」

馬子が神妙に答えた。


そして最後に『勝鬘経義疏』についてである。

「勝鬘経」は、舎衛国《しゃえこく》、波斯匿王《はしのく》の娘で在家の女性信者である勝鬘夫人が説いたものを釈迦が認めたものとされ、一乗真実と如来蔵の法身が説かれているという。

如来蔵の原語はtathagata-garbhaで如来を胎児として宿すものという意味で、つまり、すべての衆生は如来を胎児のように蔵《やど》しているという主張である。

太子は如来蔵の考えも「勝鬘経」を探求することにより理解していたと思われる。

「勝鬘経」は「維摩経」とともに古くから在家のものが仏道を説く経典として用いられている。

また、これはよくそうと言われていることであるが、太子は推古天皇を「勝鬘経」の王族で在家の女性信者である勝鬘夫人に見たてたと思われる。

そして『勝鬘経義疏』には太子の行の集大成である捨身に関する教えも説かれている。

勝鬘夫人が正法を摂受《しょうじゅ》するため、身体、生命、財産を捨てなければならないという誓願を立てたことについて、「捨命と捨身は皆是れ死なり」との注釈を加えたという。

『日本書紀』では、これらの仏典に関する業績を朝廷も大いに認め、推古天皇が「勝鬘経」や「法華経」の講読に対して、太子に播磨の土地を授けたとされている。

斑鳩に移り、『三教義疏』も著し、太子の実践する仏教は完成に近づいていった。

太子の、斑鳩に仏国土を造り、それをもって帝中心の国造りに役立てていくという行動は明確であった。そして最終的には、自らがどのような立場で仏教と関わっていくかという結論を残すのみとなった。

それは究極的には、太子自身がどのような仏道の行に取り組むかという問題である。

太子、馬子晩年

太子は二十歳の頃から仏教の慈悲の心の実戦として、民の救済の為に力を尽くしてきた。四天王寺には貧しい人の為の施薬院（薬局）、療病院（病院）、悲田院（身寄りのない老人や病者を救い、世話を施す福祉施設）があったという。また仏法を学ぶ寺院そのものの敬田院を合わせて、「四箇院の制」をとられたものと伝えられている。

晩年の太子は斑鳩宮（法隆寺東院）で仏典の研究にも没頭し、すべての人が慈悲に目覚める国家、仏国土の実現の為に六一五年（四十一歳）、『三経義疏』を完成したとされるのは前にも述べたとおりである。

太子の行は決まった。

それはあえてこの世の中に生きながら、すべてのこの世に生けるものにおける執着、欲望を、自分自身が衆生を代弁するかのように率先して捨て去る、〝現世捨身〟を行っていくというものであった。

梁の武帝もその在位中に何度かの捨身を行ったが、それはすべて僧、寺院の導きにより行った喜捨的な要素を多く含むものであった。

「武帝の捨身の精神はすばらしいものであったが、それはいわば小乗の捨身だったのだ」

「私はすべての生きるもののために捨身を行う。そうでなければこの国は仏国土には決してならないのだ」

「常にそのような日常を過ごすことが大事である……」

太子の決意したものは、〝常在の捨身〟〝在家の捨身〟と言える状態であった。


この決意の後、太子は自己の私心は捨てきってしまった。

「私はこの国と民、生きとし生けるもののために日々を過ごす。そのために、すべてを捨てきってしまうのだ」

出家はせずに、必要な国の政務を行いながら、利他行のみに徹するということである。

まさにこの決意の時こそが後に〝聖徳太子〟と言われる人物が誕生した瞬間であった。


太子のその、〝捨身解脱〟と言えるまでの境地がよく描かれていると思われる遺品が、法隆寺大宝蔵院に残っている。

「推古天皇御厨子」いわゆる「玉虫厨子」である。

仏像を安置する厨子を美しいタマムシの羽で装飾したことから、後の時代に「玉虫厨子」と呼ばれるようになった。

「厨子」とは、仏像などの礼拝対象を納めて屋内に安置する、台脚、須弥座、宮殿からなる工芸物であるが、仏教的な世界観をこの世に再現した美術品でもある。

「玉虫厨子」は七世紀の制作と推定されている。推古天皇の御物で天皇の念持仏と一体となるものであったと思われる。

おそらく太子自身が、もしくは太子の信仰をよく知る太子に近い存在の者が、推古天皇に献上したものかと思われる。

もとは、法隆寺金堂に安置してあったという。

「玉虫厨子」には太子の思いを載せたと思われる絵画がある。

須弥座に並んで描かれる「捨身飼虎図《しゃしんしこず》」と「施身聞偈図《せしんもんげず》」がそれで、本生譚《ほんしょうたん》（ジャータカ）と呼ばれる釈迦の前世の物語を表現した絵画である。

釈尊は前世に菩薩として修行していたとき、生きとし生けるものを救い、善行を積んだという。

「捨身飼虎図」は、出典は『金光明経』「捨身品」で、飢えた母虎と七匹の子虎を哀れに思い、虎の餌食となるため高台から我が身を捧げ投げる釈迦の前世の姿が薩埵《さった》王子として段階的に描かれているものである。この図は「異時同図法」で描かれ、王子が衣服を脱ぎ、崖から身を投げ、虎にその身を与えるまでの時間的経過を表現するため、王子の姿が画面中に三度登場するものとなっている。

「施身聞偈図」の出典は『涅槃経』「聖行品」で、雪山童子《せっせんどうじ》（菩薩、釈迦の前世の姿）が羅刹《らせつ》（人食い鬼のこと）《実は帝釈天》の口ずさむ「諸行無常、是生滅法」（諸行は無常なり、是れ生滅の法なり）

の偈文《げもん》を聞いて、これに続く偈文を自分の身を空腹の羅刹に施すことを条件に教わり、岩に「生滅滅已、寂滅為楽」（生滅、滅し已《おわ》りて。寂滅を楽と為す）と書き留め、高所より身を投じる場面について描かれている。

この図もまた「異時同図法」で描かれている。

これら「捨身飼虎図」「施身聞偈図」には、釈迦の姿に投影した太子の決意が込められていると考えられる。

この〝現世捨身〟の境地に至った太子は、あまねくその国土の生きるものすべてを仏の慈悲に導くことを目指した。

その為、斑鳩の地を深山幽谷の隠棲の場とするのではなく、斑鳩の地より飛鳥の為政者を始め、自分の目の届くすべての人々にメッセージを送り続けた。

太子が亡くなった時に、「王族・諸臣及び天下の百姓ことごとく、長老は愛児を失うが如く、幼い者は父母を亡くした様に、泣き涙する声が巷に満ちた。耕す男は鋤を手にとらず、杵を突く女は杵をとらず、皆『日月が光を失い、天地が崩れ落ちたようだ。今後、誰を頼りにすれば良いのか』と多くの人が嘆いた」と云われるのもこの太子の姿勢を皆が見ていたからであろう。

太子はこの捨身の決意を、真っ先に飽波葦垣宮の妃、膳大郎女に伝えたと思われる。

膳大郎女は最初、太子の「自分の身を捨てる」という決意を聞かされた時、何かもの悲しい気持ちに襲われた。

　膳大郎女は涙ぐみ、太子とは目を合わせることができなかった。

「太子様のおっしゃられることはもっともだと思います」

「だけど、何かを失うようでもあり、私は何か悲しいのです……」

　太子は膳大郎女の流れる涙を見た時、その情感豊かな、澄んだ心にとてつもなく大きな感動を覚え、心が張り裂けそうに揺さぶられたが、やがて、それこそが自分の命でもあるとも悟った。

　太子は優しく語った。

「大丈夫、私がそなたを恋することについては、何も変わりはないのだ。それどころか私の決意により、もし私がいなくなるようなことがあっても、そなたへの恋はそのまま続くことになるのだよ。わたしとそなたは仏の前では、もともとずっと同じ命なのだ。何も案ずることはない」

　この言葉を聞き、太子の輝く目を見た瞬間、妃はこれまで受けたことのない歓喜と感動の気持ちに充たされた。この時、すべてを投げ打ってでも終生太子についていこうという思いが固まった。


　太子には生前四人の妻がいて、菟道貝鮹皇女《うじのかいたこのひめみこ》（推古帝の娘）には子がなく、刀自古郎女との間に山背大兄王を始め男王三人、女王一人、膳大郎女との間に男王五人、女王三人、橘大郎女《たちばなのおおいらつめ》（推古帝の孫、尾治王の娘）との間に男王一人、女王一人、計十四人の子がいたという。

　後の伝暦によるものであるが、太子は二十七歳の時に、墓所の候補地を既に決めており、他界する二年前に自身の廟を造っていたが、その際、「自分の子孫を残さないように」と風水の吉兆に逆らって、「あそこの気を断て、ここを断て」と命令したという。

これは一族の繁栄を幸せの絶対条件とする古代の時代にあって、しかも皇族の太子が発言したとすれば、驚くべきことである。

後の時代の伝承とはいえ、このエピソードが物語る意味は大きい。

素直な解釈としては、自分の子孫である山背大兄王が他の自分の子孫同士と、もしくは他の皇族の子孫と争わないようにと考えた、平和を望む太子の意思を示したメッセージであるということであろう。

しかし、さらに一歩踏み込んで本質を考えてみると、太子が自らの血脈を否定するほどの捨身を決断していた可能性が高い。

さきほどの厨子に描かれた絵のように、聖徳太子は釈迦の前世の菩薩行を信じており、釈迦が前世で虎や経文のために身を捧げた様に、自分も血族による門閥政治から脱却するために、あえて優秀な自分の子孫が絶えるように仕向けるまでの決意を持っていた可能性があると思われる。

そうすれば、後世の人々はこの太子の思いを強く感じ、受けとめていたであろう。


法隆寺金堂の釈迦三尊像の光背の銘文では、まず六二一年（推古天皇二十九年）の暮れに太子の懸命の看病もむなしく太子の母（穴穂部間人皇女）が亡くなられたという。

年が明けた六二二年（推古天皇三十年）正月二十二日に聖徳太子と膳大郎女が病気にかかり、一ヶ月後の二月二十一日、膳大郎女が太子の回復を祈りながら亡くなり、翌日の二十二日に聖徳太子も膳大郎女の後を追うようにして永遠の眠りについたと記されている。太子は享年四十八歳であったという。

二人の亡骸《なきがら》は二ヶ月前に亡くなった聖徳太子の母、穴穂部間人王后とともに、磯長《しなが》陵に葬られたという。磯長陵は聖徳太子廟として、大阪府南河内郡太子町の叡福寺の境内に祀られている。叡福寺北古墳（宮内庁が聖徳太子の墓所と比定）がそれである。

古墳（太子墓）は直径五十メートル、高さ百メートルの円墳で、内部は横穴式石室になっている。太子、母、膳大郎女の三人が合葬されていることから「三骨一廟」の墓所となっている。

わずか三ヶ月で三人が亡くなっていることから伝染病、集団自決、謀殺などの諸説交々が飛びかっている。

先の、太子が生前に自らの墓所となる場所を決定していたとは、この地のことであろう。

七二四年に聖武天皇が伽藍を建て、太子信仰が盛んになるにつれ、太子の墓や遺品を伝える同寺は霊場となり、後、空海、親鸞、日蓮などの名僧が巡礼したという。

叡福寺の不動明王、愛染明王は空海作と伝えられる。

周辺はエジプトの古代遺跡のように、〝王家の谷〟と呼ばれ、敏達、用明、推古、孝徳天皇陵などがある。

そして六二三年太子が亡くなられた後、山背大兄王らの願いにより、亡き太子のために鞍作止利《くらつくりのとり》が「釈迦三尊像」を造ったという。

皆が太子の在りし日を懐かしんだ。


太子の晩年となる頃、蘇我馬子が何かを懇願するかのような不安な表情で太子に伺った。

「わしの息子の蝦夷が帝の地位を継ぐことができぬものであろうか？」

太子は少し辛い表情となった。そして頭を振った。

「それだけは無理です。いくら大臣の人力、才能高きとも、この国の帝は大王の血を継いだ者のみが受け継いでいくものなのです」

馬子は黙って頷いた。

太子はさらに続けた。

「というか……」

「今後はいっさいこの国（日本、倭国）ではそうしていくべきなのです。そうしなければこの国はもうなくなってしまうでしょう」

「私が斑鳩で行っている行も、この国を衰退させる要因となる、人の欲望に執着することがないように、まさに国のために行っているのです」

太子は自分の信念も語った。

「そうだ。そうじゃなあ……」

馬子は重ねて何度も頷いた。

「宮の言うとおりじゃ……」

馬子の納得を得て、太子も少し安心した表情となった。

「蝦夷殿は馬子大臣と並んで優秀な方です。この意味も十分に分かっていただけるでしょう。また、蝦夷殿であれば馬子殿のように、帝を立てながら、この国を導いていってくださるでしょう」

「分かった……」

馬子は短くそう述べ、その件についてはもう何も語らなかった。

そして馬子は話題を変えた。

「斑鳩の宮の方はどうなりますかな？」

今度はきりっとした表情になり、太子が答えた。

「仏の道でこの国をまとめようとする者が現れるまで、その日まで空けて待ち続けていきます」

「山背大兄王がつがなくてもよろしいのか？」

馬子は驚いた。

「わが王子がその立場でなければ、それはそれでよいのです」

「何事にも執着してはいけません。執着の対象になれば、血統もまた仏の前では仮の姿にすぎないことがあるのです」

太子は自分の考えをしっかりと重ねて馬子に告げたのであった。

「そこまで考えておられるのか……」

馬子は絶句した。

正直、馬子は太子の進めた天皇権力の強化を警戒していた面もあったであろうが、この太子の究極の捨身の立場には驚愕の念をもはやこれ以上抑えることは不可能なことであった。

同時に馬子は太子に対する尊崇の念をさらに強くした。

六二三年（推古天皇三十一年）聖徳太子が亡くなった翌年、新羅の調を催促するため馬子は境部雄摩侶《さかいべのおまろ》を大将軍とする数万の軍を派遣した。新羅は戦わずに朝貢したという。当時の大和政権の新羅への抑えは十分なものであった。

馬子の実力は相変わらずのものであった。

馬子は大政治家として円熟の域に達していた。

六二四年（推古天皇三十二年）馬子は、元は蘇我氏の本居で皇室の領地となっていた葛城県の割譲を推古天皇に要求したという。

馬子は「葛城県は、元臣が本居なり。故、其の県に因りて姓名を為せり」と葛城の地を占有する正当性を主張したが、この時推古天皇は「私は蘇我氏の出で、大臣は私の伯父です。大臣の言葉を、夜に言えば夜が明けないうちに、朝に言えば日が暮れないうちに、その言葉を用いたいと思っている。しかし、今、私の世に、この県を失ってしまえば、後の君主が『愚かな、頭がまともでない婦人が、天下に君臨して、突然にその県を滅ぼした』と言うでしょう。どうして、単に私が賢くないということだけで済むだろうか。大臣も不忠だと言われるでしょう。これは後の時代に悪名となり伝えられるでしょう。大臣の要求は何でも聞いたが、これだけは聞き入れられません」と拒否したとのことである。

この発言の意味する所はとても大きい。

推古天皇の言葉は天皇家と葛城氏の決して切り離せない深い関係について示唆している。

葛城の地はまさに有史以来、皇族と協力（時には牽制）しあった葛城氏（実態は不明な点もあるが……）の土地であった。またその〝聖地〟を皇族の目が届く範囲に押さえていることこそが、皇族の支配の正当性を実証する、動かしようのない史実であったという証明に他ならない。その聖地を天皇自身が放棄すれば、自分はもちろんのこと、もらった馬子までが後世に悪名を遺すと言っているのである。

またこれは『日本書紀』成立後の、歴史、正史至上主義を感じさせる中国文明の影響を受けた発言のようにも感じるが、それと同時に、蘇我馬子の歴史的評価に関するメッセージも込められている。それは、『日本書紀』において、馬子は子の蝦夷や入鹿と異なり、基本的に国への貢献者として描くことが、ぎりぎりではあるが認められているという事実である。このことにも注目してよいであろう。この葛城の地の件以後、馬子がこれ以上の無理な要求をしたとも書かれていない。『書紀』においては、この他にも馬子自体を直接非難する記述については、ほとんど見られていない。総論としては、蘇我馬子は正史においても大政治家と認められたと判断してよいのであろう。

そしてついに六二六年（推古天皇三十四年）、その偉大な政治家蘇我馬子は死去した。

馬子の葬られた桃原墓は、奈良県明日香村島之庄の石舞台古墳だとする説が有力である。また、同古墳の西数百メートルの位置にある島庄遺跡が邸宅の一部だったとする説もある。

石舞台古墳には訪れた方も多いと思われるが、まさに〝事実上の王の石室〟と言える威容を呈している。

また、聖徳太子墓所とされている叡福寺北古墳から南東に歩いて数分のところに、伝承として蘇我馬子の墓とされている小さな墓所遺跡がある。筆者も実際に歩いて訪れてみたが、馬子の墓としてはあまりにも小さい。

その真偽はともかくとして、むしろ、太子に寄り添う形で墓を定めた同族の馬子の姿を伝承する人々が存在したこと自体に、意味があるように思える。

二人の距離感についてであるが、馬子が太子に何らかの親密さや尊崇の念を抱くものがあったのか、もしくはそれを感じとる人々が周りに、特に蘇我系の王家の谷である磯長谷（現、太子町）の地には多く存在したのかもしれない。

ついに、馬子は死去した。

最期に馬子は心からの太子への思いを吐露した。

「宮（太子）が居ってよかった……」

厩戸皇子が居たおかげで、（もしくは、馬子自身が聖徳太子と分かち合うほどの活躍と功徳を積んだため）直接的にその存在や功績を後世から否定されることなく、この世を終えることができた。

まさにその点が子孫の蘇我蝦夷、入鹿と馬子との大きな歴史的評価の差となった。

さらに六二八年（推古天皇三十六年）推古天皇が崩御された。

聖徳太子とともに朝廷を支えた偉人たちがこの世を去り、まさに〝太子の時代〟もいよいよ終わった。

太子、馬子の子

蘇我蝦夷は馬子にも劣らず優秀な人物であったが、当初から彼には政敵も多く、大臣の位は譲り受けたものの、馬子の子というだけでは権力を自由に行使できる立場ではなかった。

六一〇年（推古天皇十八年）の新羅使引見で初めて『日本書紀』に現れたときの蝦夷の年齢は二十五歳であったという。既に四人の有力な大夫（天皇と臣下の間を取り次ぐ重要な官職）のうちの一人として登場し、大臣の馬子に使いの旨を啓上する役割を担っている。当時、大王に匹敵する権力者であった馬子の引き立てによる大抜擢があったのであろう。

そういう状況下であったためでもあるが、蝦夷は性格的にも慎重（かつ巧妙でもある）な面が強かった。

まず彼の最大のライバルとなったのが父馬子の弟である叔父、境部摩理勢であった。

推古天皇が病没した時、太子と妻刀自古郎女の子山背大兄王を擁立する動きがあったが、蘇我蝦夷はこの即位を認めなかったという。

国内のバランス的な問題としては、推古天皇と連続で蘇我氏系の山背大兄王が天皇になると、反蘇我氏勢力との対立が深刻化すると判断したのであろう。特に百済系の王族や遺民、それを支援する渡来人の勢力は見逃すことができなかったと思われる。

また同族の蘇我系一族間においても蝦夷は難しい問題を抱えていた。

蝦夷は蘇我本宗家の長として、肥大した多くの同族である稲目や馬子の子孫たちに対して、ある程度その勢力に抑制をかける必要があった。特に馬子の弟である境部摩理勢は、馬子が築いた朝廷における主導権さえも自らが譲り受けることを憚らない、大きな勢力を誇示した存在であった。

蝦夷は、馬子が先送りした様々な問題の解決に向けて早速取り組まざるを得なかった事情があったものと思われる。

皇位継承について、蝦夷は田村皇子（三十代敏達天皇の孫）を推すつもりであったが、叔父の境部摩理勢に相談したところ、案の定、摩理勢はそれに反対し、厩戸皇子の子である山背大兄王を強く推した。

蝦夷は自らが父馬子のように独断できる力がないことを悟り、阿倍麻呂と相談した上で自邸に郡臣を集め次期皇位について、入念に合議に諮った。

合議では田村皇子派と山背大兄王派に分かれ紛糾したという。

山背大兄王も蝦夷のもとへ自らの推挙を訴え出る始末であったという。

山背大兄王としては父厩戸皇子（太子）と馬子がそうであったように、蘇我蝦夷が車の両輪のように自らに協力してくれるものと思ったであろう。

しかし蝦夷の心中では異なることを考えていた。

「このまま山背大兄王を推せば、摩理勢叔父との火急の戦さは避けることはできる。しかし山背大兄王と摩理勢叔父はあまりにも結びつきが強すぎる。大臣の私としては、田村皇子の方が、私の政治をスムーズに行うことができる」

「それに……」

蝦夷の心に浮かんだのは、即位後から父馬子と対立した崇峻天皇の姿であった。

蝦夷は世代が一代交代すると、子飼いのような皇族や身内は、実は最も大きなライバルに豹変することを父馬子の生涯を見て痛感していた。事実先代稲目の権力を最も保証する存在であった泊瀬部皇子（崇峻天皇）が、馬子の時代になると、最も権力の維持において警戒しなければならない存在となったのである。

同じ血筋の帝が最も恐ろしいライバルになるということ、そしてその帝の命を落とさせることになってしまい、後継の男子の帝を決めることのできない結末に終生苦しんでいた父馬子の姿を蝦夷は生々しく覚えていた。

「結果的にも帝の命を二度も落としてしまえば、蘇我家の命運はないものと覚悟しなければならない……」

「やはり、帝になっていただくのは田村皇子様だ！」

蝦夷は決心した。

その一連の動きの中で蝦夷は、摩理勢が山背大兄王を推すことまでは予想していたが、さらに兄弟の蘇我倉麻呂が態度保留に出たことでますます危機感を募らせた。

「何とかしなければ……」

蝦夷はまずは摩理勢を説得、懐柔することに努めた。

ちょうど当時父馬子の墓を造営することになっていた。

蝦夷は蘇我一族の共同プロジェクトとして馬子の墓の造営を開始し、その後見を摩理勢に託すことで対立を収めようとしたのである。


飛鳥の石舞台古墳。

馬子の墓といわれる巨大な石室を持つ大構造物である。

「摩理勢殿、あなた様は偉大な父馬子の弟君です。この石室を守り、儀礼を司ることをすべてあなた様にお任せしようと思う。あなたは蘇我家の最も偉大な後見人に違いない」

「……」

摩理勢は無言であるが、明らかに不愉快な表情であった。

境部摩理勢は蘇我氏から分かれた有力新興豪族の長である。彼が欲しいのは実態のある権力であり、一族の名誉に甘んじて形だけのもので納得する立場をとるわけにはいかなかったのである。

摩理勢は明らかに馬子が握っていた、蘇我氏における宗主権、具体的には大臣の位さえも、弟である自分が譲り受けるに値する立場であると思っていた。

摩理勢ははっきりと蝦夷に抗議の弁を始めた。

「そのことはそのことじゃ。新しい斑鳩の宮（山背大兄王）に帝になっていただき、私も帝の助けをしていきたいと思っている」

摩理勢は露骨に蝦夷に反対する立場を表明した。

結局蝦夷による摩理勢の説得は失敗に終わった。


蝦夷はやむを得ず使者を斑鳩の宮に送り、蘇我系の同族である山背大兄王に直接、皇位を諦めてもらうように説得することとした。

当初は、推古天皇から直接皇位継承を支持されたと主張していた山背大兄王であったが、使者の説明で田村皇子も自分が受けたものと同等以上の詔を天皇から受けていたと知り、次第に態度を軟化させたという。

「叔父（蝦夷）に意を違えることはない」と蝦夷の使いの臣下に伝えたという。

その事実はすぐに摩理勢のもとにも伝わった。

「何、山背王が蝦夷に折れそうだと！」

既に蝦夷と摩理勢の対立は決定的なものとなっており、摩理勢は蝦夷が山背大兄王を懐柔したことに立腹し、馬子の墓所守の仕事を放棄したという。そして摩理勢は山背大兄王とは別の斑鳩の王である泊瀬仲王の宮に立て篭ってしまった。

これに対する蝦夷の行動は速かった。

「山背大兄王は、ようやくわが手の中に入ってこられた。今のうちに摩理勢を討つしかない！」

蝦夷は摩理勢の討伐を決意した。

「急いで摩理勢一族を襲うのだ！」

万が一、山背大兄王がもう一度翻意し、摩理勢の主導で先に即位してしまえば、自分が物部守屋のように朝敵にされてしまう可能性もある。摩理勢への説得を諦め、討つとなれば、時を急がねばならない。

この蝦夷の迅速な行動により、山背大兄王も、斑鳩に篭った摩理勢の引き渡しを求められて、素直にそれに応じたという。

遂に摩理勢は斑鳩を諦め、飛鳥に戻らざるを得なくなった。

当初、自分に正当性があると思った摩理勢は、まさか自分に兵を向けられるとは思わなかったのであろう。しかも自分が推挙した山背大兄王の翻意により、蝦夷の行動が正しいことになり、知らないうちに瞬時に自分がほぼ朝敵の状態にされてしまったのである。

結果、不意を衝かれることになり、摩理勢は何も抵抗することもできず、討たれた。

純粋に戦闘の勝敗、結果を考えるならば、方法論として蝦夷の判断は正しいものであった。

一気に兵を動員し、子孫共々に摩理勢を討伐した。

しかし、この蝦夷の派手な電光石火の行動は、衆目がその一部始終を確認することとなった。

「今度の蘇我の大臣は、手荒いことをやるお方じゃ。われわれも気をつけないと……」

陰で他の豪族たちは囁きあった。

後の乙巳の変を許容する土壌が豪族間で醸成されていくこととなる。

また同族の蘇我一族の中でも、「身内の摩理勢殿をあのように無残に討ち取るとは、蘇我の長としてはいかがなものか……」と本宗家に対する不信感を募らせることになってしまった。

これも乙巳の変における、蘇我倉山田石川麻呂に代表される、蘇我本宗家、入鹿に対する背信を育てる環境へと事態を導くこととなっていったのである。


そのような負の側面はあったものの、ようやく蝦夷は田村皇子を舒明天皇として皇位につけることに成功した。

また山背大兄王は、この変により後ろ盾を失い、皇位継承争いから後退することとなった。当然、山背大兄王は蘇我本宗家と距離を置く立場となった。


舒明朝は蝦夷が中心となって政務を執行した。

六一八年、中国では隋に代わって唐が建国されていた。

蝦夷は融和的な外交を積極的に行い、政治的には馬子、太子路線の政策を踏襲した。

前政権が隋に対して行っていた政策についていては、唐に対しても継続することとした。

そこで六三〇年（舒明天皇二年）、かつて遣隋使の経験のある犬上君御田鍬《いぬがみのみたすき》と渡来人の薬師恵日《くすしのえにち》等を初の遣唐使として派遣した。第一回の遣唐使が蝦夷の主導で派遣されたことは、大きな史実である。

ちなみにこの時期、中国唐では、仏教は苦難の時期を迎えていた。

唐の太宗は六三七年（貞観十一年）に仏教と道教の優劣を定めるために両者に議論をさせた上で、結果道教を推奨し、仏教を抑圧する政策を宣告したという。

これに対して日本では、舒明帝は六三九年（舒明天皇十一年）七月には百済大寺を建立し、さらにその後なんと、九重の塔までを建てたという。唐とは異なり、積極的に仏教を振興させる政策を進めたということになる。

そして翌年、朝廷は百済宮を造営したという。

しかし六四一年（舒明天皇十三年）、蝦夷が苦心して即位させた舒明天皇であるが、その百済宮で崩御された。

ここにまた、皇位継承の問題が再浮上してしまったのである。

そこで蝦夷は父馬子同様、女帝を立てることにした。

六四二年（皇極天皇元年）に宝皇女が皇極天皇として即位したのである。

馬子の時と同様に、これはある意味、問題の先送りでもある。皇位継承に関して、この後に大きな宿題を残すこととなった。

この難しい状況が後の乙巳の変にまで続いていくことになるのである。

蝦夷の苦悩はさらに続く。

父馬子の時代とは異なり、厩戸皇子（聖徳太子）という大きな後見を失っていた彼はそこで、蘇我本宗家の力を伝統化するために次の大きな一手をうち出した。

それは自身の早期引退とのひきかえに政権を世襲することであった。六四二年（皇極天皇元年）、宝皇女（皇極天皇）の即位において、蝦夷は早々と息子の入鹿に実権を譲ったという。

歴史では先例、前例はよく挙げられるが、今回はその逆で恐縮であるが、〝後例〟となる事例の話をしてみたい。

かなり後の世のこととはなるが、徳川家康は征夷大将軍の地位を世襲化、永続化することを目的に、実権を有している時代に子の秀忠に征夷大将軍の地位を譲った。これは「徳川幕府」という政権を築き上げた者の政治権力における駆け引きであった。

家康がこの時代の蝦夷のことを意識していたとまでは考えすぎであろうが、歴史的には蝦夷は結果的に失敗し、後の家康は成功した。

その一番大きな要因としては、やはり日本の歴史には古代の時代からついては離れない、〝大義名分〟の問題が挙げられるであろう。

後の家康の場合、自らが源氏長者として朝廷からみとめられており、征夷大将軍としての大義名分を得ており、関白の豊臣秀頼を敬う態度をとっている間に鎌倉、室町の先例に従って秀忠に将軍の地位を譲った。

蘇我蝦夷の場合、境部摩理勢を討伐したことにより明らかに彼が唯一無二の実力者であったが、自分自身の判断のみで、自らは朝議に参加せずに子の入鹿に仕事を委ね、さらに子の入鹿に紫冠を与えたという。

蝦夷にすれば、紫冠は冠位十二階制定前から蘇我氏が保有していた位であり、勅許を得る必要はないと判断したかもしれないが、周りの皇族、豪族の目は違っていたであろうと思われる。やはりこの大義名分に関する点では、蝦夷は多少なりとも怠っていた面があったのは否めないであろう。

朝廷の承認を得ない形での権力移譲は、王家、他の豪族にとっては、蘇我家の朝堂の私物化と映り、反発が紛糾したと思われる。

（後の藤原氏の祖である中臣鎌足はこの点を注意深く観察していたと思われる）

時代は次のように進む。

蘇我氏の実権が蝦夷の息子の蘇我入鹿に譲られ、入鹿は蘇我系の皇族である古人大兄皇子の擁立を企てたという。

国政は入鹿が執るところとなり、その権威は蝦夷を上回ったという。

入鹿自体の能力に関しては申し分ないものであったかもしれないが、逆に言えばそれが故に、周りの皇族の脅威、警戒感は極致に達していたものと思われる。

特に緊張をもたらしたものが対朝鮮半島の政策であった。

舒明天皇の即位により、蝦夷についてはかなり親百済的な面も見られたが、馬子以来蘇我本宗家は対半島に対しては、かなり中立的、全方位的な立場をとるのが基本であった。

そこに皇極帝の子である中大兄皇子の焦りはまさに頂点に達していた。

中大兄皇子は雄略帝の母が住んでいた忍坂宮を本拠に育ったと言われ、周りには親百済を国是に感じる人々が満ち溢れていた。用明帝に流れるまでは自分たちが帝の本流を支えていると考えて疑わなかった人々である。

中大兄皇子の脳裏には次のような思いが次々と繰り返しては浮かんできた。

「このままでは帝の意味がないものとなってしまう……」

「わが国と友好な百済が新羅と激戦を繰り返している」

「なんとかせねば……」


六四二年（皇極天皇元年）、蝦夷は蘇我氏の祖廟を葛城の高倉に建設し、その際に古代中国では天子（皇帝）しか行うことが許されない八つらの舞を行ったという。

この八つらの舞に関しては生前馬子が、蘇我氏が葛城を先祖の地であると推古天皇に主張していたこともあり、蝦夷としては葛城氏の伝統行事を受け継いだというアピールが主題であったのかもしれない。実際この地に祖廟を建設したとするならば､当然事実上の領有権は当時､既に蘇我本宗家が握っていたのであろう。

しかし、敵対する勢力からすれば、葛城の地の保有も朝廷からは認められていないものなのであるから、各方面から相当の反発を受けることは必至である。

蝦夷がどこまで自覚していたかは不明であるが、明らかに政敵を増やすことになってしまったであろう。

さらに蝦夷は全国から多くの民や、天皇家や他の豪族の私有民を動員した上で、「大陵（蝦夷の墓）」「小陵（入鹿の墓）」から成る双墓を造営し、天下に広くその権威と実力を知らしめたという。

そして六四三年（皇極天皇二年）、蝦夷は病気を理由に朝堂への出仕を休み、入鹿に紫冠を与えたという。

これをもって、蝦夷は勅許を得ずに大臣職を勝手に譲ったとされるが、先にも述べたように、紫冠は冠位十二階制定前に蘇我氏が保有していた冠であるとも言われており、ただ単に蘇我本宗家の家督を譲っただけの可能性はある。

そして、蘇我入鹿は政治の表舞台に出ると古人大兄皇子の擁立を企てたという。

これ自体は古人大兄皇子が舒明天皇の皇子であり、他に政敵はいたであろうが、決して無謀なことではない。

しかし依然として皇位継承の候補にはあった山背大兄王の存在および、斑鳩の地のことが問題となった。

唐との外交も積極的に進める蘇我蝦夷、入鹿父子においては飛鳥と難波を結ぶ要衝の地である斑鳩の地を安定化させることは大きな課題であった。斑鳩と飛鳥の間には、「太子道」と呼ばれるほぼ直線の道路が整備されていた。河内平野とも竜田道で結ばれていた。

蝦夷の時代から山背大兄王とは距離をおくこととなり、直接の衝突を避け、この地は山背大兄王の半独立的な王の土地として容認されていた。

蝦夷としても本音を言えば、より直接管理できる状態にはしたかったであろう。


少し脱線して恐縮であるが、素直に読むと、蘇我入鹿という名も気になる。

蘇我〝いるか〟という名の人物が、〝いかるが〟（斑鳩）の土地に執着したとすれば、前述した膳斑鳩の子孫である膳氏をこの頃までに、蘇我氏が葛城氏のように吸収を目指すような事態が進んでいたようなこともあったのであろうか。

六四三年十月、蝦夷は彼らの祖母が物部守屋の妹であるという理由から、次男を物部の大臣となしたという。

入鹿にも鞍作や林など、たくさんの名がついており、蝦夷が子供たちにどんどん他の豪族や役職の名をつけていく行為には驚かされる。

各豪族をすべて蘇我氏の下に再整備するような印象を受けるのである。


そして、その斑鳩の地を入鹿が、蝦夷の許可も得ずに侵攻に及んだと歴史は伝える。

太子が亡くなってから二十一年後の六四三年十二月二十日（皇極天皇二年十一月一日）、入鹿は巨《こ》勢徳陀古《せのとこたこ》（徳多）、土師猪手《はじのいて》、大伴長徳ら百名の兵に、斑鳩宮の山背大兄王を襲撃させたという。

山背大兄王一族は家臣の三輪文屋君らと共に斑鳩宮から脱出し、一旦生駒山に逃れた。

そして三輪文屋君から、「味方の秦氏の根拠地の深草に移り、馬に乗って東国に行き、上宮家の乳《み》部《ぶべ》の民を中心にして兵を起こして、戻り、入鹿軍と戦いましょう。決して負けることはありません」と進言されたという。

ところが、山背大兄王は戦闘を望まず、「確かに、挙兵して入鹿と戦えば必ず勝てるだろう。しかし、戦乱になって百姓たちを傷つき苦しませることは決して望まない。そのような事になるのなら、私の身一つを入鹿にくれてやろう」と言ったという。

そして山背大兄王は生駒山を下り斑鳩寺に戻り、太子の血族二十人余りとともに自害したと伝えられている。ここに上宮王家、太子の血は絶えることとなった。

入鹿が山背大兄王を殺害したことを聞き、蘇我蝦夷は、激しく怒ったと伝えられる。

ここで、この発言における山背大兄王の心境について考えてみたい。

心情を素直に受け取れば、山背大兄王が太子の捨身の意思を受け継いでいたということである。身を捨てるということに関しては生前太子から聞かされていた思想であったであろう。

それとは別に蘇我氏の血統の立場から考えてみると、「わが一つの身をば、入鹿に賜う」という、入鹿を全くの敵対者としていない表現には、自分や一族の命運を入鹿に託す、譲る意味合いも受けとめることができるのかもしれない。

それは、太子から繋がる自らの蘇我系の皇統を守るために、同族の蘇我氏である入鹿、古人大兄皇子に命運を託すということである。

要するに「わたしと入鹿は同族であり、争って共に衰弱、滅亡することがあってはならない」という蘇我系の王の判断である。

これは、山背大兄王に、入鹿以外の政敵がいたと考えた時の推測である。

大化の改新

結局、世に大化の改新と言われる天智帝（中大兄皇子）、中臣鎌足による政治改革の本質とは何なのだろう。

中国の律令政治を取り入れた中央集権的な政治改革であるとこれまで一般には言われてきた。

確かに孝徳帝から天皇を中心とした中央集権的な政策は開始される。

しかし、あくまでもその本質は、律令制からはみだした大豪族に対する粛清を伴う改革であったと思われる。

大化の改新の本質とは皇族による、自らの血統（皇統）の支配権の壮絶なる奪還である。

特に中大兄皇子（天智帝）のうち出したものは、大豪族（すなわち蘇我本宗家）の指導者を粛清し、蘇我氏を天皇の配下として組み入れることであった。舒明帝から天智帝に繋がる血統に、今後大豪族である蘇我氏の本宗家が外戚として天皇の意思に反して王家に入らないようする、王家の血統の独立を実現する改革である。

皇統の支配権の争奪（権力者の外戚の地位の掌握とそれに対する皇族の外戚への反発、反動）は以後も日本の歴史において歴史展開上の中心、核となる大きな原動力になっていく。
ある意味、王家の本能的力動といってよい部分である。

そして外交的には百済の窮地がこの皇族の本能的な思いをさらに強める結果となった。
欽明朝から親しいつきあいをしてきた百済の没落を、皇族としてもこのまま見捨てておくわけにはいかない。

「このまま蝦夷がやっているような新羅にも花を持たせるやり方をしていると、百済はこのまま消滅してしまう……」

中大兄皇子は焦った。

この点に関しては、推古天皇、聖徳太子を始めとする蘇我系の皇統、そして後の天武天皇、聖武天皇に繋がる天武系の皇統は、対外的には大国には融和的で、他国とも比較的中立的な姿勢で日本をまとめようとした。有力豪族や各渡来人、寺社勢力もそのまま排除せず、天皇の緩やかな配下に置く方針である。

これがうまくいけば、豪族としても理想的な状況ではある。

その根本を考えると、やはり隋や唐とは異なる日本独自の統治システムである。

そもそも政局的に考えてみると、皇極帝、軽皇子、中大兄皇子らの皇族にとっては蘇我系の聖徳太子の血統である山背大兄王の上宮家はいまだ正当性が高く、付き従う豪族も多く存在し、政権奪取をもし考えているのならば、まず一丸となり打倒せねばならない存在、政敵であった。

ここに大化の改新の序章が始まった。

そしてこの計画に、対山背大兄王ということだけで、あろうことか、なんと蘇我入鹿がのってしまった……。

国の絶大的な実力者である入鹿は、天皇に支えられる自分の正当性を軽視してしまった。思い返せば、彼は物部守屋と同じ道を辿ってしまったことになる。

「何と愚かなことをしたものか。これでわが息子入鹿の命も危ういであろう」

入鹿の父蝦夷はさぞ嘆いたとのことであった。

蘇我氏の朝廷における権力の正当性を最も担保する存在であった山背大兄王を、単なる政敵として殺めてしまったのである。蝦夷の嘆きも相当のものであったと想像される。

蝦夷は次のようなことを考えていたと思われる。

「山背大兄王が我が蘇我本宗家とは距離を置く存在になっているのは確かじゃ。しかし、王には、父母方ともに我らと同じ蘇我の血が流れているということこそが最も大事なことなのじゃ。父馬子も泊瀬部皇子（崇峻天皇）を殺めてそれは大変な苦労を強いられたが、その時は既に皇后、皇太后の立場となっておられた血の繋がりの濃い額田部皇女（推古天皇）がおられた。しかし今、上宮家が無くなれば、われらにはそのような血の繋がりが濃い王、王女は既におらず、貴種は古人大兄皇子（母が馬子の娘であるが、蝦夷の娘ではない）しかおられない。しかも、上宮家全員を失った今、宮家の後ろ盾のないわしらはその皇族の古人大兄皇子を守る正当性さえも失ってしまった。崇峻天皇の時以上に取り返しのつかないことをしてしまった……。もうこれで我らも今は力があるといえど、かつての物部守屋殿と同じ立場じゃ」

このことにより多数派の非上宮家の皇族に入鹿討伐の大義名分を与えてしまったのである。

そしてさらに、今度は軽皇子、中大兄皇子は、入鹿を国賊の立場にすることにより、入鹿を後見人とする古人大兄皇子を追放することも可能となったのである。

一説によると山背大兄王討伐軍には軽皇子（後の孝徳帝）が参戦していたとの話もあり、そうであれば、実は入鹿は、参戦こそしていたものの、実戦部隊の長でさえなかった可能性がある。そしても し部隊の長であったとしても、あくまでも軽皇子（孝徳帝）率いる官軍の長として皇極帝の命令のもとに動いていた存在であった可能性も高いということになる。

入鹿は従軍的な気持ちで兵を動員し、その致命的なミスを父の蝦夷が嘆く結果になったのかもしれない。

とにかく、山背大兄王が亡くなったことにより、中大兄皇子の皇統、いわゆる後の天智系の皇統が最も正流な系統、皇極帝、軽皇子がそれに準ずる系統となった。先に述べた〝忍坂宮の後継者〟たちである。

時代は変わった。

そうなれば今度は次の段階として、彼らにとってその皇統の支配を守ることが最も重要なテーマとなった。

ライバルは入鹿が後見する古人大兄皇子のみである。

その打倒を含めて、彼らは今後これ以上一本宗家の特殊な血が入らないような政変を計画したのである。

その血とはもちろん蘇我本宗家の血、蝦夷、入鹿の血である。

具体的には貴種としては否定できない蘇我氏の血統も、今後皇族の意思、支配の下で、本宗家以外の蘇我分家から入るように意図したのである。


六四四年（皇極天皇三年）に入ると、蝦夷は甘橿丘に入鹿と共に邸宅を築き上げたという。

蝦夷邸は「上の宮門《みかど》」、入鹿邸は「谷の宮門」とそれぞれ呼ばれたという。

その邸宅は堀や柵で外部への防備を固め、武器庫も設置し、多くの私兵を抱え、まるで城塞のようであったという。蝦夷には五十名ほどの兵が常時の護衛に当たっていたという。

また驚くことであるが、子供たちを「王子」「王女」と呼ぶようにしたという。

これに関しては、『日本書紀』の文飾上の問題で、当時においては「豪族の子供」という以上の意味はなかったのかもしれないが、しかし、もし文字通りの「王子」「王女」という意味であれば、暴挙である。

蝦夷ほどの立場の人間がそのようなことをしていると外部でも明らかになれば、それは謀叛を計画していることとほとんど同じことになる。

逆に蝦夷に全く罪がないとすれば、それは古人大兄皇子や高向王、漢皇子らの貴人やその子息を広大な甘橿丘に住まわせていたぐらいのことがないと考えにくい。

さらに憶測すると、皇極帝と蝦夷もしくは入鹿との間に、史実にも現れていない子孫が存在していたこと（皇極帝と入鹿に男女の関係があったとのことが噂話のレベルではあったという）、逆にそれぐらいのことが無ければ、考えられない行動である。

ただし戦略的には、内戦を意識していたのであれば、上記のように防御を固めることと政権を担保する貴人（皇位継承者）を囲うこと自体は考えても不思議ではない。

蝦夷、入鹿父子に関してはその暴挙として、これだけのことが挙げられているが、この『日本書紀』の記載をもってしても、蝦夷、入鹿が王位簒奪までを企てていたかどうかの確証までには至らない内容と思われる。

ただ、山背大兄王襲撃の件により、国内が内戦必発の緊張状態になったのは間違いがないであろう。甘橿丘を現地に行って眺めていただければ分かると思うが、あそこで防御を固めて守れば、完全な〝山城〟になる。そこは飛鳥の権力者の要塞となる得る第一等の地である。

特に大義名分を失ったと判断した蝦夷は身辺の守りを徹底的に固めた可能性が高い。

蝦夷には入鹿の失政により、さらに敵が多くなり過ぎたのは事実である。

そして大化の改新は乙巳の変として断行された。

六四五年七月（皇極天皇四年、大化元年）、飛鳥板蓋宮で三韓からの朝貢の儀式の場において、入鹿は中大兄皇子と中臣鎌足により討たれ、無残な最期を遂げたという。

乙巳の変により、蘇我氏を大豪族として永続させようとした蘇我入鹿は討たれ、先の蝦夷の予言は当たった。


入鹿が討たれた翌日、蝦夷のもとに入鹿の惨殺体が届けられ、蘇我本宗家の護衛に任に当たっていた漢直の一族は、巨勢徳陀古（徳多）の武装解除の勧告を容れて自ら兵を引きあげたという。

巨勢氏は先祖が蘇我氏と同族とされる豪族であり、蝦夷の身柄と引き換えに、他の蘇我一族や東漢氏の安堵を取り引きしたと考えることができるであろう。

巨勢徳陀古はなだめるように漢直に伝えた。

「帝と皇子は我らや蘇我一族自体を滅ぼそうとしているのではない。帝と蘇我氏の関わり合いをこの期に変えたいと思っておられるだけなのだ」

漢直の一族が静かにそれに答えた。

「仕方があるまい。時代を変えたのは入鹿大臣ではなく、中大兄皇子であったということだったのだな……」

そして、漢直の一族は静かに兵を退いた。

それを見て、蘇我蝦夷も実質大王の立場も諦めてこの世から去った。

援軍の来ない要塞、甘樫丘は蝦夷の孤立を象徴するだけの存在となった。

「もはや、これまで……」

息子である入鹿の屍を前に、蝦夷は邸宅に火をかけ『天皇記』『国記』そして多くの財宝と共に、激しく燃える炎の中で自刃して生涯を終えたという。


その翌日、皇極天皇の弟である孝徳天皇が即位した。

これにより、舒明天皇の後継者がようやく決まった。しかも、孝徳天皇の即位は皇極天皇による史上初の譲位により成し遂げられた。

初めて天皇が、譲位とひきかえであるが、自らの意思で次期帝位を定めることが可能になったのである。

実はこのことが皇族による、自らの血統（皇統）の支配権の奪還を意味する最も象徴的な出来事であった。

そして最終的には、出家して吉野に逃れた最後の蘇我系の皇族である蘇我馬子の孫、古人大兄皇子を謀叛の罪で討ち、ここに〝大化の改新〟は完成する。

またその担い手である、一族入鹿を裏切った結果になってしまった蘇我倉山田石川麻呂も因果応報ということになるのであろうか、後に讒言により失脚し、その弟たちも壬申の乱にて戦死や失脚の運命を免れず、蘇我氏の表向きの政治的命脈も絶たれることになるのである。
これで蘇我氏は以前の物部氏と同様、一有力豪族として残ることになるのであった。

壬申の乱前後

乙巳の変により即位した孝徳帝の崩御後、聖徳太子、蘇我馬子の考えていたものではない形で、日本の国は歩み始めた。

内政を充実させ、乱れた国内を整備するよりも、とにかく六六〇年滅亡した百済王朝の復興を目的に積極的に朝鮮半島へ介入し、そのことを国をまとめる原動力にして、帝の求心力を高めようとした。

その中心人物は中大兄皇子であった。

中大兄皇子は舒明天皇の第二皇子であり、母は皇極天皇（斉明天皇）であった。中大兄皇子は孝徳天皇の時代、皇太子となり様々な改革を行った。また有間皇子（孝徳天皇の皇子）など、有力なライバルを事実上粛清するなど、権力の掌握に努めていった。

述べたように朝鮮半島においては、百済が六六〇年、唐と新羅の連合軍により滅ぼされた。

その後、百済の名将鬼室福信《きしつふくしん》らのかつての王族が百済を復興すべく、新羅に反乱を起こした。

この動きに対して、日本（倭国）の実権を掌握していた中大兄皇子は、何と国の総力を挙げて百済復興を支援することを決め、都を筑紫朝倉宮に移動させた。

滅んだ他国の為に都を遷してまで救援を決意したのである。尋常ならぬ決意、国意であると言えるであろう。

そして救援の指揮をするためにそのまま朝倉宮に滞在したが、途中六六一年（斉明天皇七年）斉明天皇が崩御された。

六六二年五月（天智天皇元年）、大和朝廷は、国内に保護していた扶余豊璋《ふよほうしょう》（百済最後の王である義慈王の王子）に兵を与えたという。豊璋は速やかに百済王として推戴されたが、実権を握る鬼室福信との確執が次第に生まれていったという。

六六三年六月（天智天皇二年）、ついに豊璋は鬼室福信を粛清することになってしまった。この内部分裂により、百済復興軍は著しく弱体化した。

そして六六三年八月二十七、二十八日の両日、倭国、百済連合軍は唐と新羅の連合軍と白村江で衝突したが、大敗を喫した。

「日本（倭国）の船四百艘は燃え上がり、その煙は天まで立ちのぼり、海水は赤く血で染まった」という。

豊璋は高句麗に逃れたが、その高句麗も六六八年に唐に滅ぼされた。そのため、豊璋は高句麗王族らとともに唐に連行され、その後流刑になったとのことである。

中大兄皇子は国運をかけた戦争に大敗北してしまった。百済の復興についても完全に失敗した。

当然国内では信任が得られにくい状態になってしまった。

六六四年（天智天皇三年）に冠位を大化時代の十九階から二十六階へ拡大するなど、官吏の統制に尽力したが、皇位にもしばらく就くことができず、皇太子のまま称制を続けた。

六六七年（天智天皇六年）に近江大津宮へ遷都し、翌六六八年二月（天智天皇七年）、ようやく即位した。即位後同母弟大海人皇子（後の天武天皇）を皇太弟とした。

他の事業としては、六六九年（天智天皇八年）、中臣鎌足の亡くなる前日において、藤原の姓《かばね》を与えたという。以後子孫も天皇から命名された名誉ある氏族として活躍していくこととなる。

また六七〇年（天智天皇九年）には、日本最古の全国的な戸籍とされている「庚午年籍」を制定し、公地公民制が円滑に運営される政策を進めていった。

白村江の戦以後は、国土防衛の政策として水城《みずき》や防人を備えた。

幸い、唐からの海を越えての侵攻や国内での大きな内乱はみられなかった。

六七一年一月（天智天皇九年十一月）に第一皇子である、大友皇子を史上初の太政大臣としたのち、同年九月には、病床に臥せた。なかなか快方に向かわず、十月には重態となったという。

そして弟の大海人皇子に後事を託そうとしたが、大海人は計略を恐れ、辞退して受けず剃髪して出家し、吉野へ退いた。

同六七一年十一月（天智天皇十年十月）、大海人皇子の皇位継承辞退を受けて、大友皇子を皇太子とした。

最期、六七二年一月七日（天智天皇十年十二月三日）、天智天皇は近江大津宮で崩御されたという。

天智天皇自身は天寿を全うされた人生であったと言えるであろう。

もう一度ふり返って、白村江の戦いにつながる中大兄皇子の政治について考えてみたい。

中大兄皇子（天智天皇）による対外重視の政策は、確かに国を一つにまとめる効果はあったと言えるであろうが、それにしても、白村江の戦いでは歴史的にも例を見ないほどの大敗北を喫してしまった。

要するに、当時日本は軍事大国として国のまとまりを形成しつつあったが、大敗戦はあまりにも痛かったということである。

逆に亡国の危機が目前に訪れてしまった。

もはや百済の復興も朝鮮への再進出も全く望みがなくなり、国内では唐の攻撃に備えて、防衛に専念せざるを得ない状況となった。

大宰府を守るために壮大な城壁や水城を造り、また西日本に多くの山城を築き、唐からの進攻に備えた。

過剰な防衛とも言えるが、天智天皇の立場から国をまとめるアイデンティティーを考えて見れば、〝軍事進攻大国〟としてまとまっていた天智朝をいまさら平和国家として急展開するわけにもいかず、その流れの中で〝軍事防衛大国〟にならざるを得ないというやむを得ない事情があったのは事実であろう。

また一見過剰な防衛策ではあるが、政権維持の点から国防というものを考えれば、一度武装化した国内軍が敗戦を受けて朝廷への反乱軍にならないためには、効果的な方策とも言える。

このような状況下では、皮肉ではあるが、ある程度大国唐の恐怖があった方が、軍を握っている天智天皇の体制維持には望ましい状況でさえあった。


ただし、むろんこの政策は長期的に継続できる国策ではなく、その後の政治体制の維持はますます難しくなり、ゆくゆく政権の転覆の危機は迫ってくることになる。

これは後の時代、元寇そのものよりも元寇以後の防衛労役や恩賞に対する不満から内政の破綻をきたして政権が転覆された、鎌倉幕府末期の先例となる事例であり、よく似た状況であった。


その後、唐と新羅の関係が悪化することになり、幸い唐からの直接的な攻撃の脅威はなくなった。

しかし戦乱の恐れがなくなると、徐々に内政への不満が増大していった。

先に述べたように、天智天皇は即位後六七〇年、日本最古の全国的な戸籍である「庚午年籍」を作成した。

この制度自体は中央集権化を進めるに当たっては優れた政策であるが、目的としては公地公民制が円滑に導入されるためのものであり、敗戦後にこれを強行に進めることとなれば、地方豪族の反発をさらに誘発することになってしまったであろう。

結局天智帝の崩御後、有名な壬申の乱が起こり、大海人皇子が大友皇子に勝利して即位し天武天皇となり、近江朝は終わり、都は再び飛鳥に戻された。

内政の矛盾は建国以来最大の内乱により、ようやく収まる形になったのである。大化の改新以後の様々な粛清や、敗戦や内乱の結果、天武天皇以外の突出した力を持つ皇族や豪族はいなくなった。

国は天武天皇を中心とする体制で歩みだすということとなった。

六七二年八月二十一日（天武天皇元年七月二十三日）、その壬申の乱は終結した。

ここに史上最大と思われる対外戦争（白村江の戦い）、内戦（壬申の乱）ともに終結したのである。

天武天皇は皇族中心の体制、内政の実質的な整備を行う役目を担うことになった。

早速天皇は唐、新羅との敗戦の戦後処理を行う必要があった。

また壬申の乱で自らを勝利に導いた東国、畿内の豪族と、早期に投降した近江朝の重臣の両者が納得するような国造りをする必要があった。

そのような状況での内政に関する政策としては、地方豪族とは融和的な関係を保ち、仏教を再び振興させるとともに、各豪族が信仰する神も重視した。

その国神を信仰するにおいては、東国尾張における伊勢神宮の存在を重要視した。伊勢神宮については、壬申の乱での貢献に対する報恩の思いも強かったものと思われる。

天皇は伊勢神宮に大来皇女を斎王として仕えさせたという。

仏教においては、父の舒明天皇が創建した百済大寺を移して高市大寺とするなど、神道と仏教の双方からの融合を図った政策を打ち出した。
やや保守的な政策も用い、少し国神の時代に戻すことも考慮して国内を安定化することに努めた。以前の蘇我物部の時代のような神道と仏教が反目しあうような状況は避け、さらに唐で盛んな道教の信仰も取り入れ、天皇の管理、指導の下、すべてが共存できる道を探ったのである。

要するに天武天皇は、天皇中心の中央集権体制を造っていくが、内政を重視し、内容的には過激な政策は控え、できる限り現存の豪族勢力は温存した。

この政治姿勢はまさしく「和をもって貴しと為す」という聖徳太子の精神で、以前太子が目指した中央集権国家を目指す道に再び舵を切ったと言えるであろう。

言わば天武天皇の政策は、聖徳太子と蘇我馬子の合作を天皇一人で受け継いでいくようなものである。

おかげで中央集権化は進み、特に内政は内容的にも柔軟であった。天皇の自己裁量が大きかったことにもよるが、見事な親政であったと評価してよいと思われる。

国造りに関しては、中央集権的であるが多民族国家である、かつての敵国、唐の国家体制がよい手本となった。対戦国であった唐との関係も天武天皇の時代には再び改善していった。

天皇の権威はこのプロセスにより、大いに高められた。

天武天皇は、壬申の乱終結後もしばらく美濃に留まり、戦後処理を終えてから飛鳥の島宮、ついで岡本宮（飛鳥岡本宮）に入った。岡本宮から東南に離れたところに新たに大極殿を建てたという。六七三年（天武天皇二年）二月に即位した天皇は、鸕野讃良皇女《うののさらら》（後の持統天皇）を皇后に立て、一人の大臣も置かず、直接に政務を行った。

皇后は壬申の乱のときから政治について助言していたという。まずは特定の豪族氏族を除き、皇族の諸王が重要な官職に就く、いわゆる皇親政治を行った。

天武天皇は鸕野讃良皇后に言われた。

「太子様のやられたことを受け継いでいかねばならないのだが……。難しいことだ」

鸕野讃良は優しく笑みを浮かべ、次のように返された。

「天皇は、太子様はもちろんですが、わが父上（天智天皇）、母上の一族（蘇我氏）を始め、亡くなった家臣、百済の遺民の思いをすべて受け継がれたのです。あなた様こそが、吉野で出家なさった姿から東の国の民をまとめ、見事に仏とわが国の神をまとめた偉大なお方なのです」

天武天皇は鸕野讃良のおかげでたいそう励まされた。

「太子様の事業はそれでも継いでいかなければ……」

仏教の進展を忘れることは無かった。

六七三年（天武天皇二年）天皇は川原寺に一切経の書写を始めさせた。これは、わが国初めての写経事業と言われている。

皇子らが成長すると、六七九年（天武天皇八年）に天武天皇と皇后は天武の子四人と天智の子二人とともに吉野宮に赴き、誓いを立てた。「天皇、皇后は六人の子を父母を同じくする子のように遇し、子はともに協力する」という、いわゆる吉野の盟約と言われるものを交わした。

そして天智、天武の両系は近親婚によって幾重にも結びあわされた。

皇族の融和作には骨を砕いた。自身が皇族の争いから辛い思いでの即位となった経過からすれば、その苦労は慮られるかぎりである。

それには次に述べる事情も大いに関連している。

実は壬申の乱は古代史上最大の内乱であるが、天武天皇はこの吉野の盟約を見ても、天智系の皇統を否定するものではなく、また近江朝の重臣も特に大きく罰することもなかった。

唯一の争点を大友皇子への皇位継承として、他の問題はほぼ不問いとして内乱を終結させた。国力を大きく損なうということがなかったのは大変よかったことではあるが、反面大きな制約ももたらした。

というのは、逆から見れば、皇位継承に関しては天智帝以前の慣習である臣下による合議に戻らざるを得なくなり、天智帝が行った事実上の次期天皇の直接指名は、今後絶対に行ってはいけないことが明確にされたということである。

この歴史的意味はとてつもなく大きい。

古来からそのような面があったのではあるが、これより日本においては、天皇は原則、譲位をしない限り、自身のみで次の天皇を決めることはできない存在にはっきりとなってしまったのである。それを決定してしまったということである。

大化の改新により皇族は、皇族の意思により孝徳天皇を即位させることに成功し、譲位による皇位の相続権を獲得したが、その後天智帝が一時獲得した（壬申の乱で大友皇子が勝利すれば天皇の権利として定着した可能性が高いと思われる）、天皇の意思による皇統の継承権を放棄せざるを得ないことになったのである。

それは、他の事はともかく、それ（天皇の意思による皇統の継承権）だけは天皇制を支える各地の豪族が認めなかったということでもある。

皇族が決めた天皇ではなく、〝皆が認めて即位した天武天皇〟によって、ようやく国は治まったということである。


また皇族における血統に関して言えば、天武天皇以後蘇我氏の血統が貴種としてしばらくは残り続けた。

本宗家が滅んでも、以後百年近く、藤原の世に完全に入れ代わるまでその血統は皇統内では息づくことになったのである。


このように日本は、皇位継承に関しては不安定なままで推移していくことになる。

皇位継承を律令の中にも、天皇の権限のどちらにも置くことができなかったことで、この後日本という国は歴史上、皇位継承に伴う権力闘争を避けて通れない運命を決定づけられることとなる。

実際、天武天皇も草壁皇子を皇太子として立てるも、後に大津皇子にも政務をとらせ、天皇の崩御後には、その大津皇子が謀叛を企てたということで捕らえられた。そして皇太子の草壁皇子も結局即位できずに生涯を終えることとなった。誰も決定的には天皇を決めることができなかった政情の上に起こった悲劇である。


天武天皇の事業に話を進めてみる。

天武天皇は対外的にも融和策を貫き、朝鮮を統一した新羅との軋轢も避けるように配慮した。計四度の遣新羅使を派遣したという。

また天皇は占星台を設けて天体観測をさせるなど、新たな学問の導入にも熱心であったという。


仏教においては薬師信仰、国家主導の仏教の布教に熱意を持っていた。

先の一切経の書写に加え、次のような仏教政策を進めていった。

六八〇年（天武天皇九年）、持統皇后の病気平癒を願い、薬師寺（本薬師寺）の建立を始めた。

六八三年（天武天皇十二年）、朝廷から僧正、僧都、律師を任命し、僧尼を国家の統制のもとにおく僧綱《そうごう》制度を定めた。

そして六八五年（天武天皇十四年）には「国々で家ごとに仏舎を作り仏像と経典を置いて礼拝するように」との詔を出した。

天武天皇は律令国家として歩み出す政策を制定。律令と歴史書の編纂にも本格的に始動した。天皇と皇后は六八一年（天武天皇十年）に律令の編纂を命じた（後の飛鳥浄御原令編纂の発動）。同年、後の『日本書紀』編集の出発点と言われる、「帝紀及上古諸事」作成を川島皇子らに命じたという。

軍事面においては官軍の強化を狙ったものと思われるが、以下のことを命じている。六八四年（天武天皇十三年）、政治における軍事の重要性を強調し、文武官に武器の用法と乗馬の修練を課したという。

このことの意味も歴史上大きいと思われる。文武官に実戦の演習をさせたということであるから、よく言えば尚武の国である。しかし、悪く言えば文民統制（シビリアンコントロール）の効かない国としての危険性を持つ国としてスタートをきったことになる。

これも長く見れば後の明治、昭和の大戦の時代に影響を及ぼした歴史的可能性も否定できない。平安期の武士の創出には大きく影響を及ぼしたものと思われる。天皇は武士（さらに後には国軍）の直接の支配者であるということである。

官位、臣下の身分に関しては、さらに細かく国家による規制を強化した。六八四年（天武天皇十三年）、八色の姓を制定したという。

翌六八五年（天武天皇十四年）、冠位四十八階を制定した。同年、朝服の色を定め、身分に応じた服装を規定した。冠位も四十八階となると、冠の色だけで判別するより、服装で差別化した方が合理的になったのだろう。

様々な中央集権的な政策を進めた天武天皇であったが、六八五年（天武天皇十四年）頃より、体調を崩し始めたようである。この年の九月には、病気にて臥せられたという。

翌六八六年（天武天皇十五）五月、重態となった。これを受けて、川原寺で僧侶に薬師経を説かせたという。

七月には政治を皇后と皇太子に委ねた。

七月二十日、朱鳥に改元した。この日、岡本宮と大極殿をあわせて宮を飛鳥浄御原と名付けた。

その後も神仏に祈らせたが、六八六年十月一日（朱鳥元年九月九日）に崩御された。

以後皇后が政務をとった。（持統天皇、称制六八六年─六八九年、在位六九〇年─六九七年）

そして持統天皇の崩御後、合わせて檜隈大内陵（奈良県明日香村）に葬られたという。

天武天皇の出自に関しては謎も多い。

『日本書紀』では天智天皇とは同母弟であるとしているが、『本朝皇胤紹運録』では享年六十五とする。ならば年齢が逆に天武天皇が天智天皇より年上であるということになり、真実は闇に包まれたままである。

天武天皇は聖徳太子への尊崇の念は強かったと思われる。

ただし、天皇という立場もあり、許された時間にも限りがあり、特に仏門に関しては状況的にも自らそれのみに傾倒することはかなわず、薬師信仰や鎮護国家的な仏教政策はあったものの、太子のように斑鳩のような仏国土を目指すということには至らなかった。

天武天皇には蘇我系の血が流れているという話もあり、そうすれば太子とは、天皇家としてはもちろんであるが、それ以上に近い血縁があるということになる。天武天皇が「帝のあるべき道」として太子の志を受け継いでいたことは、その国造りの業績からは十分感じることができる。国造りの観点は、先帝の天智朝のものではなく、明らかに推古朝の中央集権的な政策を推し進めたものである。


しかし天武天皇の後、藤原氏の興隆とともに、壮年の男子の皇子、王が即位することはなく、若年の天皇、女帝の時代が続く。

太子の意思がそのまま継承することがなかったのと同じように、また天皇中心の天武天皇の政策を目指す意思も直接受け継がれる機会はしばらくやって来なかった。


そして、その最後の機会が訪れた。

首皇子（後の聖武天皇）が両者（聖徳太子、天武天皇）の意思、そして最後の仏国土を目指す皇太子として世に現れたのである。

聖武天皇

聖武天皇は聖徳太子、天武天皇の志を引き継ぐ最後の天皇となった。（女帝までを考えれば、娘の孝謙《称徳》天皇までとなる）

天皇はまるで太子の生まれ変わりのように、特に晩年の時期、仏国土の実現に最後まで挑み続けた。首皇子《おびと》（後の聖武天皇）は一見華奢で意思の強いタイプではなく、それが故に憧れとして心には、絶大に強いイメージである曽祖父の天武天皇の存在があったと思われる。

藤原氏の権力が強大である時代に育ったが故に、天皇として実力で国の中央集権化を進めた天武天皇の存在は輝かしくみえたであろう。

晩年はずっと次のように考えていたのではないだろうか。

「大天武帝のようにはなれないものか……。そして太子や梁の武帝がめざしたような仏国土を、朕が……」

七〇一年（大宝元年）、首皇子は生まれる。

父である文武天皇は七〇七年首皇子がまだ幼少の頃に崩御され、母である藤原宮子（病弱で精神的にも病んでいたとも言われている）とも離されて育った首皇子は、心理的に十分な父親像（特に天皇としての父親像）や愛情を注がれた母親像を育む機会のないまま成長期を過ぎていった。

自然、その代償としての理想を実の父母ではなく、他の先祖や他人に求めることになる。

先に述べたように、当然のようにまず偉大な曽祖父天武天皇へその理想像を強めたと思われる。

そして、母親に関しては、それこそ実の母の宮子とは会えなかったことから、十分な理想像を形成することが難しかったであろう。

首皇子の妃に関しては、十六歳で迎えた後の皇后となる光明子がいるが、光明子は母宮子の異母妹で、しかも首皇子と同い年であった。この時代の皇族の婚姻は概して政略的ではあったものの、複雑な心境で妃を迎えたことであろう。

転じてポジティブな面から言えば、光明子を迎えることにより、母との再会、母親像の回復を成し遂げることができる運命的な僥倖に巡り会えた可能性もあったと思われる。


飛鳥時代までは皇族と物部氏や蘇我氏など数々の豪族が争い、そのバランスを保ちながら、やがて天皇がまとめる形で政治が運営されてきたが、奈良時代からは藤原氏が中心となって律令制を導入するとともに、同氏に有利な政権を運営していった。

この経緯については以前の蘇我氏と全く同様であるが、中臣鎌足の子藤原不比等は、まず皇室との繋がりを持つことで、自らの政権を強化していく。

既に述べたように、藤原不比等は自分の娘藤原宮子を文武天皇に嫁がせ、さらに別の娘の光明子を、後の聖武天皇である首皇子に嫁がせた。つまり藤原不比等は首皇子の祖父であったことになる。（さらに義父でもあることになる）

首皇子は不比等邸で幼少期を過ごしたという。

首皇子が天皇としての父親像を育て上げるための（手本にもなる）現実に存在する人物はこの世には既に居なかったと述べたが、天皇像を育てていくということを除けば、藤原不比等の存在は首皇子の成長過程において最も大きな父親的な影響を与えた存在であったであろう。しかも、不比等は祖父でもあり、義父でもある。それ故、男性像としての不比等の存在は複雑であるが、極めて大きな影響があったのは間違いがないであろう。

逆に藤原不比等としても政治的な立場からは、首皇子の存在は何にも代えがたい貴重な存在であったであろう。一刻も早く、首皇子を天皇として即位させたかったのは勿論のことであった。両者の距離が近かったことは間違いがない。

ところが、当時は皇族やその皇族を支持する豪族の発言権も強く、幼少な首皇子の即位には反対する声も多かった。

七一五年（霊亀元年）、元明天皇が譲位を表明した時、十五歳であった首皇子は結局即位することができなかった。

代わりに文武天皇の姉が元正天皇として即位した。

そして、七二〇年（養老四年）、遂に藤原不比等は首皇子が即位する姿を見ることなく亡くなった。

右大臣（死後に太政大臣を追贈）、藤原不比等が亡くなり、首皇子は不安に駆られた。

「右大臣が亡くなってしまった……」

自分が即位する前に後ろ盾である不比等を失ったことは、首皇子をかなり不安にさせたものと思われる。

そして首皇子は、自分の権力における不安定な立場からも、不比等の息子たちとはすぐにお互いが必要な存在となったであろう。まだ自立よりは身の保全が優先される時期であった。

まずは藤原氏と協調して自らの政治的立場を固めることから歩み出すことになる。

そしてこの苦労が実り、七二四年に元正天皇から譲位によってようやく首皇子は聖武天皇として即位する。

当時には有力者が多くいた。天武天皇の孫であり高市皇子の子である長屋王と、藤原不比等の四人の息子、武智麻呂（南家）、房前（北家）、宇合（式家）、麻呂（京家）の四兄弟がその中でも特に突出した存在であった。

長屋王は、草壁皇子と元明天皇を両親に持つ吉備内親王とも結婚し、王の子にも皇位継承権があった。

そしてこのことが後の悲劇をもたらすことになる。

七二七年（神亀四年）聖武天皇の妃の光明子が子を生んで（基《もとい》皇子）、藤原四兄弟は、すぐさま皇子を皇太子に立てることには成功したが、翌年基皇子は早世してしまった。

このことを嘆くことは、実母である光明子はもちろんのこと、聖武天皇、藤原四兄弟も同様であったが、聖武天皇にのみ、別の状況をもたらしていた。

それは何かというと、同年聖武天皇には県犬養広刀自との間に安積親王が生まれていたのである。

ここに藤原四兄弟と聖武天皇の間に、初めて利害が一致しない可能性のある溝が生まれた。


藤原四兄弟は飛鳥時代から皇位継承に何らかの問題があるときに用いる常套手段となった方策を考えた。四兄弟の間には次のような内容の会話があったと想像する。

まず年長の藤原武智麻呂が口を開いた。

「やはり聖武天皇の次は時をかせぎ、われらの推す皇子が決まるまで、皇后や女帝を立てていく以外にないか……」

そして、次の房前の一言は今までの歴史を覆すような衝撃の提案であった。

「そこで提案がある。その為にも、まず光明子様を皇后推挙してみてはどうか」

「……」

残りの三兄弟は無言でお互いの顔色を伺った。

そして武智麻呂が懸念を示す意見をのべた。

「大昔の葛城の姫の時代ならまだしも、欽明朝以来、皇族以外が皇后になったことはないぞ。反対の意見が必ずや出てくるものと……」

残りの二人の兄弟も顔を見合わせて、武智麻呂に続いた。

「確かに。特に長屋王は聖武天皇の母上の宮子様に大夫人の称号を贈る天皇の勅に異を唱えたことがありましたぞ」

「そのことじゃ。最もやっかいなことは……」

長屋王を最もライバル視している武智麻呂は下を向いた。

これら兄弟の意見を聞いた房前は、何故か場にそぐわない笑みを少し浮かべた。そして、次の自説を自信満々にゆっくり語り始めた。

「みんな聞いてくれ。そこにこそ、長屋王の強さがありそうで、実は王の最大の弱点もそこにあるのだよ。

この国には律令の法はあるにはあるが、天皇の勅とそれは並走しているものなのだ。

実は、これは太子様が憲法を布いて以来、ずっと変わっていない形なのだよ。

それこそ長屋王が異を唱えたように、時として法と勅が違えることがあることこそが今の世の中の実態であり、そしてさらには、それを現実に裁いていくことこそが、天皇の勅をいただいた我ら官人の役目であり、われらの強みでもあるのだ……」

祖父の鎌足と同じ内臣《うちつおみ》（天皇の最高顧問）という特別職に就いていた房前は、その自分の職種があること自体が、実は日本の律令制に根本的な欠陥と矛盾がある証に他ならないことを一番よく熟知していた。

「ということは……」

残りの三人は息を呑んだ。

今度は房前が何かを決意したような真剣な表情となり、言葉を続けた。

「今、天皇と印《しるし》（「天皇御璽」の印字を有する天皇の印章）はわれらと共にある。王には悪いが、天皇と国のためにはやむを得ない。長屋王と子の王たちには政治の舞台から退場していただくしか道はない」

残りの三兄弟は黙って頷いた。

そしてその中の藤原宇合が、

「兵はまとめて私が指揮いたしましょう」と決意を表明した。

「分かった。それで行こう」

武智麻呂がみんなの総意としてまとめた。


おそらくこの藤原四兄弟の暗躍の結果であろうが、七二九年（神亀六年）二月十日、長屋王は「左道を学び、国家を傾けようとしている」と謀叛の容疑で邸宅を藤原宇合の指揮する官兵により囲まれた。

翌十一日長屋王は、舎人親王、新田部親王や藤原武智麻呂らにも取り調べを受けた末、翌十二日、吉備内親王や膳夫王らの子の王たちと共に自害する道を選んだ。

これを長屋王の変といい、そしてこの年天平に改元された数日後、天皇の詔を受け、光明子は遂に皇后になった。

飛鳥時代以後、皇后は天皇に代わり政務を行うことや皇后自ら天皇に即位することもあり、皇族以外が皇后になった例はなかった。光明子は皇籍ではなく、藤原の血を濃く受け継ぐ存在であった。明らかに律令の抜け穴を利用した天皇の詔、勅の濫用であった。

聖徳太子が善意で知恵を絞り、天皇、皇室には法が向かないようにした配慮が律令の抜け穴となり、藤原官僚の栄華に導かせることになってしまったということである。

まさに藤原氏の思いどおりに世の中を動かせる時代となった。

ただしこの頃、思いもかけない方面から、一方的にそうさせない現象、要因も生じつつあった。このことが無ければ藤原氏は、後の藤原道長の時代に繋がる栄華をもっと早く実現できたかもしれない。

それは、藤原氏にとってはある種皮肉なことでもあるが、藤原氏の政権を保証し、磐石にさせる根本であった『日本書紀』を筆頭とする歴史書の存在がもたらす現象であった。

光明皇后の時代はすでに『日本書紀』の編纂（養老四年五月元正天皇の時代）は終わっている。

国家の命令で諸国の『風土記』も各地から平城京に進上されていた。

当然の流れであるが、それからの時代において、大きな出来事に関しては随時確実に歴史書に載せなければならない運命となっていた。皇室や藤原氏に都合のよくない事実であっても、それを全く無かったことにしたり、内容を根本的に変更することはもはや不可能な時代となっていたのである。

「長屋王の変」に関しても、事件の詳細な背景や王が謀叛である根拠については『続日本紀』での記載は憚られたが、その事実自体から目をそむけることは不可能な時代になっていた。他の史料、文献、木簡も当然存在することになった。その量も時代を経るにつれ、ますます増えていくばかりであった。平城京はまさに〝文による情報革命〞の時代を迎えていた。

このことがとても重要な時代の節目となる。

この時代以後、平安の時代にまで繋がる「祟り、怨霊」に恐れる時代の本格的な始まりとなっていくのである。

後には国全体を恐怖に陥れる現象になる「祟り、怨霊」であるが、当初は怨霊に恐れ、祟りから逃れようとする主な当事者は時の権力者である藤原氏を中心とする人たちであり、その現象を生み出したのは民衆や官人、傍らでその歴史を直に見ていた〝証人〞となるべき人々の目であった。

それまでの時代と異なるのは、その〝歴史の証人〞である一般の人々が「自分たちの見ていることはやがて文の形で必ず後世に伝えられていくだろう」という確信を持ち始めたことである。

彼らは権力者にとって都合の悪いことも、これからは完全に抹殺することは不可能な時代になっていくことをリアルに実感していたのである。

そしてその実感はさらに発展して、信仰や信念、歴史観に繋がっていく。

それは、「人の道理に反した権力者は祟られ、その権力も長くは続かないだろう」という、中国の易姓革命とはまた異なった、日本独特の歴史観、淘汰の信仰、信念を醸成していくこととなったのである。

分かりやすい表現を用いれば、「祟り、怨霊」はアニミズム的な宗教観を中心としながらも、今の時代におけるマスコミュニケーションのような文化の役割も担うことにより進展した国家的な現象と言えるであろう。

その精神を一言で言えば、「ひどいことをして権力を握っても後々、必ず良くない事が起こるであろう」ということである。

光明皇后を中心とする太子信仰はこのようなことを背景に国家、民衆が一体となり、皇后の贖罪の意識も重なり、沸きあがってきたものと思われる。

逆に言えば権力側もそうせざるを得ない状況や心理状態に迫られていったとも言えるであろう。

光明皇后は皇太子妃時代から、仏教的な社会事業としても皇后が直々に困窮した民の救済に当たった。悲田院を設置して、お腹を空かせた人には食べ物を与えて、貧しい人々を救済した。

そして女性の最高位に就いた光明皇后は、皇后宮職に施薬院を置き、私財を投じて薬草を集め、薬が必要な病者に施したという。

皇后は、聖徳太子を信仰することにより、自らの一族の贖罪を含めて、すべての民の救済を願ったということである。

また、和気清麻呂の姉和気広虫は、光明皇后にならって孤児院を開き、孤児の養育に努めたという。

皇后は、その人望を周囲の者に認めてもらうことに関しては十分に成功したものと思われる。

母である県犬養（橘）三千代とともに、光明皇后は法隆寺を特に丁重に祀ったという。

県犬養三千代は光明皇后に確かめるように言った。

「太子様に倣い、皇族自らが仏道に身を置き、民の為に生きていかなければなりません」

西院伽藍の西北に位置する西円堂は、県犬養三千代が建立を発願したという。

また、大宝蔵館に祀られる「伝橘夫人厨子」の阿弥陀如来は、県犬養三千代の念持仏だという。

光明皇后も三千代の考えに十分応えた。

「太子様は観音様の生まれかわりです。その教えにすべての救いの道が繋がっていると思うのです」


ところで、太子信仰の広がりの大きな要因であったと思われる先の長屋王の怨霊は、王の死後すぐに現れ、藤原氏政権に禍《わざわい》をもたらした。

七三〇年（天平二年）、神祇官の屋根に落雷があり、七三二年（天平四年）、大干ばつで農作物が育たず、地震、暴風雨の被害を大きく受けた。

七三三年（天平五年）には飢饉が発生した。

また、この年光明皇后の母である、橘三千代が亡くなった。

七三四年（天平六年）には近畿地方に直下型大地震が起こった。

そして遂には七三七年（天平九年）、光明子を皇后に立て政権を樹立した藤原四兄弟が、天然痘により兄弟四人そろって亡くなってしまった。

それらを受けて光明皇后は、これ以前にも、藤原不比等が亡くなった時、元明天皇が崩御した後にも多くの財宝を法隆寺に寄進したが、さらに多額の財宝を法隆寺に寄進したという。

そして、七三九年（天平十一年）、法隆寺の太子一族の斑鳩宮跡に、行信僧都により、聖徳太子の遺徳を偲んで上宮王院（東院伽藍）という伽藍が建てられた。太子追善の廟所として八角堂（夢殿）が建立され、太子等身の救世観音菩薩像が本尊として迎えられた。

「太子様のご加護のみが私たち皇族とこの国の民をともに救ってくださるのです」

皇后は一心に祈った。

聖武天皇の夫人橘古那可智《こなかち》も、法隆寺に対して橘夫人厨子を始め工芸品や経典のみならず、『東院資材帳』によると「瓦葺講堂一間」、すなわち自分の住居まで奉納したという。これが伝法堂である。

もちろん聖武天皇も太子への信仰心は厚く、法隆寺への寄進に関しても大いに賛意を示していたと思われる。

既に述べたが、七二四年に聖武天皇は太子墓所とされる磯長陵に叡福寺の伽藍を建立していた。同寺は太子信仰が盛んになるにつれ、太子の墓や遺品を伝える霊場となった。

そして時代は進んだ。七三七年藤原四兄弟の疫病による没後の政治である。

藤原氏の子息はまだ幼く、聖武天皇は、元皇族である右大臣（後左大臣）橘諸兄をトップに据え、吉備真備、僧の玄昉を取りたて、自らの主導で政治を行うことになった。

このことは天皇への権力の集中から見ればもちろん望ましいプラスの要因であるが、今までの時代とは異なり、聖武天皇にとっては直接頼るべき大きな権力者の存在もなくなり、良くも悪くも天皇自らの意思、勅意のみで歩み始めなければならない時代を迎えたとも言える。

「右大臣（藤原不比等）も左大臣（武智麻呂）も内臣（房前）らも、みんないなくなってしまった……」

突然自らがリーダーシップを発揮せねばならない時代になった。大きな不安を伴ったのも事実であったであろう。

そして天皇の不安を直撃する事態が起こってしまった。

七四〇年（天平十二年）九月、大宰少弐《だざいのしょうに》として、大宰府に赴任（事実上の左遷かと思われる）していた藤原宇合の息子、藤原広嗣が「今の時代の災厄の元凶は吉備真備、玄昉に起因する」という内容の上奏文を朝廷に送り、真備と玄昉の追放を求め、九州で反乱を起こした。これは直接には時の権力者である、右大臣橘諸兄政権を批判したものであった。

広嗣は九州の隼人約一万人を率いて挙兵したという。（この乱は日本史上、最後の隼人の乱という側面も持っている）

朝廷はすぐに追討の命を出し、広嗣の行動に他の藤原一族も同調せず、広嗣は結局、今の長崎県の五島列島にまで逃亡し、処刑されることとなった。

しかしこの乱の途中、天皇史上でも類のないことが起こってしまう。

藤原広嗣の乱を鎮圧しなければならない聖武天皇であるが、まだ鎮圧の報告を聞かないうちに何と突然関東に行幸すると宣言した。

「朕、意《おも》う所有るに縁りて、今月の末、暫く関東に往かん。その時に非ずと雖《いへ》ども、事已むこと能はず。将軍これを知るとも驚き怪しむべからず」と言い残し、関東に向かい、そのまま四年以上におよぶ行幸、遷都の旅に出かけたという。

まさに驚愕の行動である。

確かに藤原広嗣、藤原氏の乱を受けて、藤原不比等の孫、子である聖武天皇は大いに動揺したことは考えられる。

「反乱軍を討伐することは、右大臣（不比等）が大事にしていた、その子孫を討つことになる。朕が右大臣を裏切ることになってしまう……」

藤原不比等の孫であった天皇は、同じく不比等の孫である広嗣を討つことになった運命には、大いに動揺させられたであろう。

またそれと同時に、自身の身の危険を過度に察知した可能性も十分に考えられる。

この当時の政治的な保守保身の立場から言えば、自分自身が万が一にも討たれる可能性のある立場であると判断した場合、三関の関（鈴鹿、不破、愛発《あらち》）を閉じられることを恐れた可能性はあると思われる。

聖武天皇の行幸のルートは曽祖父である天武天皇が壬申の乱でたどったコースと重なるという。

吉野にいったん退いた天武天皇のように討伐軍の先手を打っていかなければ、身の安全も保障されない気持ちが生じても不思議なことではない。

何故なら、長屋王のような貴種においても無残な最期を迎えたことを、自ら詔を下した当事者としての目で見ていたのである。藤原氏を敵に回し、敗れた者の運命については最高の貴種である天皇の立場からも恐ろしいものに見えていたであろう。

四兄弟が亡くなってまだ数年であり、強大なリーダーは未だ不在であったが、藤原氏間の繋がり自体は存在していたものと思われる。

「諸兄を重用したことが、藤原一族総意の反発になってはいけない。万が一でも、長屋王のようにはなってはいけない……」

「三関を閉じられない所に、まず行かねば……」

そのような意識が聖武天皇にあってもおかしくないものと思われる。


長屋王の変に関しては、自ら即位してまだ数年の時期であり、実権は藤原各家の当主が握っていたので仕方の無いこととはいえ、それにしても聖武天皇は、尊属の王の命を奪ってしまうことを認めてしまった。天皇としては王族を処分するという、極めて辛い断腸の思いの決断であっただろう。

当時、「王の葬儀はいやしくすることなかれ」と勅することが精一杯のことであった。

この変を経験することによって、状況によっては、天皇である自分や子孫も王と同じ立場に追いこまれることが決してないとは言えないと、その危険さえも理解していたのは、天皇自身であったと思われる。

行幸に関しては、臣下の者に壬申の乱を追体験させるためであったという説もあるようだが、この天皇の防衛論、および究極の保身の観点も、行幸の動機になり得た可能性があると思われる。藤原氏からの自立を考えた場合、身の保全の問題は避けて通れない一つの大きなテーマであっただろう。

そして、それがさらに発展して、遷都構想に繋がる、「三関を閉じられないよう、複数の都をつくってしまうのだ」という結論と結びついても尚、不思議なことではないと思われる。

そしてその保身の問題を超えて、さらに大きな行幸、遷都の原因と考えられることが、以下に述べる、盧舎那仏との衝撃的な出会いである。

そもそも遷都構想に関してはその規模や恭仁京に遺された宮殿などの構造物スケールから、行幸以前から考えていなければ実現が無理な大構想であった。天皇は、中国唐の時代の三都制構想に関しても玄昉を始め、唐から帰国した留学僧などからもよく聞かされていた。

そして、もともとパッケージとしてはあった遷都の考えに魂を吹き込んだのが、盧舎那仏との出会いであった。やはり、このことが遷都を伴う行幸の最も大きな動機であったと思われる。

七四〇年（天平十二年）二月、難波宮への行幸の折と云われているが、聖武天皇は河内の国大県郡（現大阪府柏原市）の智識寺において盧舎那仏を拝む機会があり、感銘を受けてその後、大仏建立を決意したといわれている。

この盧舎那仏との対面が天皇の生き方を変えた。

天皇は智識寺において盧舎那仏を拝み、その仏の表情を見た時、今までに全く感じたことのない衝撃を受けた。

「おお！　これは……！」

そしてそれまでの信心の功徳もあり、瞬時に自分の受けた衝撃の意味を悟った。

「太子様じゃ、太子様が戻ってこられた！」

天皇は幼い頃から厩戸皇子が仏法に優れ、世間ではお釈迦様、仏様の再来であると噂されていることを知っていた。盧舎那仏を見た時、瞬間に、その太子の元々の真の姿こそが目の前の仏であることが分かった。

「太子様が戻ってこられた。素晴らしい。仏になってこの世に戻ったこの太子様の姿を、この仏の真の姿を大きく、すべての生きるものにお見せするのじゃ」

と遂に天皇は大仏の建立を決意した。


大仏建立という事業自体は唐のアイデアということで間違いがないであろう。

洛陽郊外の龍門山奉先寺にある高さ十七メートルの盧舎那仏の石像は、高宗の発願で造営されたが、像の容貌は武則天をモデルにしたといわれており、東大寺大仏の手本となった。

また国分寺構想もやはり、元々は唐の創案であるだろう。

則天武后は、「大雲経」という経典を中国の各地に分けるために、その経を補完するための大雲寺という寺を建てたという。

また七〇七年、中宗は龍興寺を諸国に建立したことも遣唐使の道慈により日本に伝えられた。

盧舎那仏に会うまで、とにかく天皇にとっては、混乱混迷の時期が続いた。

聖武天皇は、世の中が安定しないのは自分の人徳が無いせいだと思い悩んでいた。

様々な思いが浮かんでは消えた。

「朕の指導力の無さから身内の反乱をまねいてしまった……」

悲観的な思いに悩まされる日々を送っていた。

それが盧舎那仏と出会ってからはそれらの悩みが次第に新たな決意に変わっていくことを感じた。

「大天武帝のように国をまとめなければいけない……」

「朕は広嗣の追討は許したものの、梁の武帝のように自らが戦さをしかけてはいけない。あれほどの人が戦さをしかけた為に国を滅ぼしてしまった。朕こそが武帝の後を継ぎ無念を晴らし、まさに真の三宝の奴とならねばならない」

聖武天皇が後に自らを「三宝の奴」と称したのは梁の武帝の影響であった。

「そして太子様の目指した国を造るのじゃ……」


そのような強い動機を持って行幸に旅立った聖武天皇であった。

まず、天皇は平城京を出て、伊勢、美濃方面に向かい、岐阜県の不破の関を通って近江に入ったという。

そして、平城京の北方、山背国の恭仁京（京都府加茂町）へ遷都を決定した。その理由として、恭仁京は橘諸兄の本拠地であり、また洛陽に似て都の中心に木津川が流れており、水運の便がよかったという。

その後、まだ恭仁京が完成していないにも関わらず、七四二年（天平十四年）には近江国（滋賀県甲賀市）に離宮を建設。これを紫香楽宮として行幸した。

七四三年（天平十五年）、天皇はこの紫香楽宮で盧舎那仏を造設することを発願したとされている。

そして、七四四年（天平十六年）には大阪の難波宮に遷都。しかし、ここからも天皇は紫香楽宮に行幸を繰り返していたという。その間難波宮には元正上皇と橘諸兄を残し、首都機能を維持していたという。

この難波宮遷都は、先述した、中国唐の時代の三都制を日本に導入しようとしたとの説がある。また三都構想以外に、上皇や臣下から距離を置くためだったという説、または紫香楽宮が整備されるまでの経過措置であったなどの諸説がある。

また、天武天皇も難波を含めた複数の都を持つ必要性を述べていた。六八三年（天武天皇十二年）には難波宮を造営した。もちろん、その影響も十分に考えられる。

とにかくわずか五年近くの間に四度の遷都を繰り返したという。

そして、遷都を繰り返した聖武天皇も七四五年（天平十七年）、ついに平城京への還都を決定することになる。遷都を繰り返した結果、財政は逼迫し、最終的には大地震が起こったことが決めてになったという。

またこの行幸の中で聖武天皇が思いついたのが、鎮護国家のため仏教をさらに興隆し、人心を安定させようという政策であった。

七四一年（天平十三年）、国ごとに国分寺、国分尼寺建造を命ずる、国分寺建立の詔を出した。

国分寺建立の詔に際し、天皇は国ごとに塔に『金光明最勝王経』を安置するように命じたという。

『金光明最勝王経』はこれを供養することにより、四天王が到来し、一切の災難が消滅するといわれる経である。

そして国分尼寺には『妙法蓮華経』を置くことにした。

両経ともに聖徳太子とは縁の深い経典である。

「金光明最勝王経と妙法蓮華経を唱えるのじゃ、太子様がやられたことを蘇らせるのじゃ」

まさに物部守屋討伐の時に見せた四天王を信仰する太子の進軍、釈迦の教えの真髄を説いた太子の信仰、それらの再来を予感させる経典の選定である。


智識寺での話に少し戻りたい。

智識寺で盧舎那仏をともに拝んだ聖武天皇、光明皇后は、平城京に戻ると早速、お互いの意見を交わした。

天皇がまず口を開かれた。

「今日の仏を見て朕は確かに感じたのじゃ。皇后や、太子様は菩薩となるまでもなく、既に戻っておられたぞ」

「まあ、私は太子様が観音菩薩様となり、私たちや私たちの先祖を救ってくださるのかと思っていました」

光明皇后は驚いたが、天皇の体験にはたいそう興味を抱いた。

「まあ、朕の話も聞いてくれ」

天皇が続けられた。

「太子様はもともと、盧舎那仏のご威光がありこの世に送り出されたお人なのじゃ。かつてのお釈迦様もそうだと思う。だから、そなたの言う太子様が観音菩薩様であるということもまた、盧舎那仏の立場から見れば正しいことだと思うのじゃ」

「違うことではないのですね。それならば、よかったことです」

皇后はほっとした表情を見せられた。

聖武天皇はこの日を境に何かを悟られたようであった。

「朕は分かった。太子様もそうなのだが、大天武帝もそうなのじゃ。自分の力だけであの方々のような素晴らしい方には決してなることはできないのじゃ。仏によって導かれた姿が太子様や大天武帝という方々のお姿なのじゃ」

「なるほど、そう言われればそのように思います」

皇后は天皇の意見に納得するとともに、天皇の仏教に対する理解が年々深まっていくことに尊崇の念を抱いた。この頃から天皇の姿に太子の面影を重ねて感じるようになった。

そして天皇はますます自身のビジョンが広がっていく心情を皇后に伝えた。

「仏の光明はあまねくすべての世を照らすのじゃ。

太子様が斑鳩の地に造りなさった仏国土をこの国のすべてに広げていく時が、ついに訪れたのじゃ」

「どのようにすればよいのですか」と皇后が聞いた。

さらに具体的な構想が天皇にはあった。

「朕もこの世において、太子様がそう言われているような菩薩になれば、この国を未来永劫仏に救われる国にすることができる。帝である朕が真の菩薩になることができれば、斑鳩の地にあった仏国土がすべての地に行き渡ることになる」

隋の文帝は仏教に帰依し、菩薩戒を受けたという。もともと、中国においては皇帝菩薩という考えがあり、日本にも伝わっていた。聖武天皇が手本にしていた、自らを「三宝の奴」と称した中国南朝の梁の武帝も皇帝菩薩となっていた。

「朕もそうなれば、いつも仏の光明とともに生きていくこととなる。

そうすれば、太子様、大天武帝と同じ生き方ができるかもしれない。

翻って、もし朕が大天武のようになれるとしても、この道をおいて他はないと思う。

右大臣や左大臣、藤原の先祖の恩に報いるのも、またこの道をおいて、他はないと思うのじゃ」

皇后は天皇の考えの深さに驚いた。

「まあ、何と素晴らしいお考えのこと。天皇のこれからのお姿が楽しみで仕方がありません。私が母三千代としたことも間違いがなかったようで、すべてが報われた気がします」

逆に、皇后の理解の良さに天皇も喜びを抑えることができなかった。

「おお皇后や、分かってくれたか……。ありがたいことじゃ」

二人は仏教に関する姿勢においては、まさに太子を尊敬する同志のような存在であった。

また傍らにはこの二人の会話にじっと耳を傾ける阿倍内親王（後の孝謙、称徳天皇）の姿があった。

そして天皇と行基が出会うことになる。

智識（知識）とは、寺院や仏像の建立のために金品などを寄進することを通じて善業を積み重ねる仏教の行為およびその信者（知識衆とも言う）のことであるが、この知識衆から絶大な支持を得ていたのが、僧行基である。

当時の仏教は国家の統制にあり、寺以外での布教などは禁止されていたが、行基は積極的に民衆へ布教し、知識結ともよばれる新しい形の僧俗集団を形成した。民衆のために貧民救済や治水、道路や橋を造る公共福祉事業を推進して、民衆の尊崇を得ていた。

行基は師に恵まれた。

行基の師、道昭は唐に渡り、玄奘から法相宗を学んだが、玄奘からの信任が厚く、さらに禅の教えも学ぶように勧められ、道昭は応じてそれを学び、帰国後飛鳥寺の東南の隅に禅の道場、禅院を創設したという。つまり、道昭は日本における禅の開祖であり、それだけでも偉業であるが、道昭の素晴らしい所は参禅に留まらず、井戸を掘り、渡し場の船を造ったり、橋を架けるなど、作善（仏縁を結ぶための善事を行うこと）と呼ばれる、後の行基の事業やそれを支える知識結の誕生へと繋がる奉仕活動を禅とともに始めたことである。

道昭はこのことにより、太子が導いた、禅を否定的に捉えていた日本の仏教に、あえて禅の真髄をめぐり合わせることに成功したと言える高僧である。決して交わることはないと思われていた太子の仏教と禅をみごとに結びつけたのである。道昭によって始められた、接点となった行為、行が、作善という利他行であったと言える。

そしてこの考えを社会現象にまで高めて具現化したのが行基、そして、それを理解し、政治的に支えたのが聖武天皇ということになる。

後、聖武天皇、行基ともに利他行を極め、菩薩としての生涯を歩むことになる。

当初、行基は朝廷にとっては危険人物とされていた。

行基の活動は寺の外での活動を禁じた僧尼令に違反するとされ、当初は糾弾されて弾圧を受けた。しかしその指導により墾田開発や社会福祉が進展したこと、また行基らの行動が朝廷が恐れていた反政府的なものではないと判断したことから、朝廷は七三一年（天平三年）には行基らへの弾圧を緩めた。

さらに聖武天皇は、行基の指導力により、優婆塞《うばそく》と呼ばれる庶民の信者を作善により大仏建立のために動員することとしたのである。

七四一年（天平十三年）三月に聖武天皇が恭仁京郊外の泉橋院で行基と会見したという。

天皇が行基に声をかけた。

「朕は、貴僧がまとめた作善の行が報われて、智識寺において盧舎那仏として御威光を放っているのを見たぞ。その時、この世に太子様が蘇ったと思ったのじゃ」

行基は太子の名を聞くと、目から涙が流れ落ちるのを止めることができなかった。

「太子様ですか……。太子様は私たちのような者を使ってくだされればよかったのです。しかし、太子様はすべてを一人で背負って、すべてを自分お一人でなされようとされたのです……」

天皇が続けた。

「朕も皇后も、太子様は菩薩としてこの世を救ってくださると信じておった。そして智識寺の仏様に会って、朕は貴僧がやっていることとその結実としての仏の見守りが、その太子様の救いの証明に他ならないと分かったのじゃ」

天皇は行基をこれ以上ない関心の目で見つめた。

「しかし、貴僧はどうしてそのようなことを可能にできたのじゃ？」

行基はしばらく黙っていた。そして天皇からはその業績を誉められながらも、太子の無念を受けとめるかのように重い口調で自らの真意について語った。

「太子様はこの世の苦労もすべてお一人で受けとめて、そしてそのことにより自ら仏となり、すべての生きるものを救う道を歩まれたのです。そのことにより、私たちは救われました。今、私たちがあるのは太子様のおかげです。

そして、太子様がたった一人で仏の道に入られたことで、後に続くすべての者たちにも、あまねく仏になることの意味を教えてくださったのです」

「なるほど。総ての者が仏に……」

天皇は唸った。

行基がそれに合わせて答えた。

「そうなのです。私たちのような平凡な者を含めて、すべての者が仏になるように菩薩の行いを積んでいくということの意味です。そのことにより、この世は仏の教えに満ちた本来の世界に戻ることができるのです」

その行基の話を聞いて、天皇は雷鳴を受けたような衝動に襲われた。

「それじゃ！　朕はそのことが今の今まで分からなかったが……。それこそが真の三宝じゃ！　貴僧が言われたことが真の仏の姿であり、仏の教えであり、貴僧や貴僧のもとで帰依する者こそが真の僧侶であるぞ。それこそが、まさに仏法僧じゃ。ついに今まで分からなかったことが分かったぞ！」

天皇は感動のあまり、言葉が止まらなかった。

「貴僧は何とすごいお方じゃ。生きとし生けるものがすべて仏になることでこの国は仏の国になれるのじゃ！」

天皇は盧舎那仏と出会った時に、衝撃を受けるほどの感動を覚えたが、まさか同様の感動を再び体験することになるとはこの時まで全く思いもしなかった。

この日から天皇にとって行基は盧舎那仏と変わらぬ、〝生き仏〟と言える存在となった。

「今日は何と良い日じゃ。朕は貴僧に感謝するとともに、生涯貴僧を尊崇することを誓うぞ」

天皇の行基に対する思いに俗的な邪念というようなものはもはや微塵たりとも無かった。

「天皇こそが仏の道を歩まれる方であられる……」

逆に行基は自然と天皇に手を合わせて拝んだ。

七四三年（天平十五年）十月十五日、聖武天皇は近江の紫香楽宮にて盧舎那仏造営（大仏建立）の詔を発した。

「朕は真実、仏法僧（三宝）の威光と霊力に頼って、天地ともに安泰となり、万代までの幸せを願う事業を行って、草、木、動物、生きとし生けるもの悉く栄えんことを望むものである」「朕は人々を導く仏道の修行者（菩薩）として、盧舎那仏の金銅像一体をお造りする大願を発する」「天皇としての富と権力によって、この尊像を造っては、成就への道はたやすいだろうが、大願は達成されまい。従って、この事業に参加する者は誠心誠意を持って大きな幸福を招くよう日々盧舎那仏を敬い、自らの意思で造立に参加するように。もし更に、一枝の草や一握りの土であっても捧げて、造立の助けとなることを願う者があれば、その望み通りに受け入れよう」と詔を出した。

そしてまずは都を移していた紫香楽宮で大仏を造り始めた。

同年行基は大仏造営の勧進に起用されている。

勧進の効果も大きく、行基は七四五年（天平十七年）一月に朝廷より、仏教界における最高位である大僧正の位を日本で最初に贈られた。

結局その年、反対勢力からの放火や地震も続き、五月に平城京に戻ったが、ここで再び大仏を造り始めた。

七四九年（天平二十一年）正月、聖武天皇は行基から菩薩戒を受け〝沙弥勝満《しゃみしょうまん》〟という戒名を授かったという。

ちょうど行基の菩薩信仰と重なり、官民一体となって大仏を建立する原動力となった。（後の七五四年にはさらに東大寺戒壇院において鑑真により受戒された）

翌二月、その行基が入寂した。

行基の入寂、入滅は天皇をがっかりさせたであろうが、この後良いことにも遭遇した。七四九年同二月、大仏建立に必要とされた黄金が宮城県にある金華山で見つかった。

そしてこの年の四月一日、東大寺へ行幸。盧舎那仏の前で宣命し、有名な「三宝の奴と仕へ奉る天皇が命」と自らを称して黄金産出を仏像に報告した。年号を天平感宝と改めた。


そして政権や表向きの政治に関しては藤原仲麻呂が権力を集中させていたこともあり、天皇はますます仏教への傾倒を深めていく。

この姿勢はまさに蘇我馬子の強力な政治がありながら、斑鳩において仏教に邁進する聖徳太子の姿の再来というものであった。

遂には閏五月には退位を表明し、薬師寺を宮とした。

薬師寺に赴く直前、「華厳経を本として、……仏道を成就せむことを」との願文を勅された。

この頃には皇帝菩薩として、上からの鎮護国家を成立させることには既に意味を感じていなかったと思われる。

「朕の菩薩としての立場自体はもう関係ない。あとは盧舎那仏の見守りが衆生に及ぶこととなのだ」

そして七月孝謙天皇が即位し、聖武上皇となり年号をさらに天平勝宝と改元した。


聖武天皇のこの時期、思想的には華厳の教えが入ってきたことが大きかった。

華厳宗は唐の法蔵により大成され、本格的には七三六年（天平八年）、遣唐使を通じて日本にその存在を知らされた。唐の僧道璿《どうせん》によって『華厳経』と共に伝えられた。

七四〇年（天平十二年）十月にその法蔵の弟子、新羅の審祥が、東大寺金鐘道場で初めて『華厳経』を講義した。華厳宗では性起説を説き、もともと衆生には円満な仏性が備わっているという如来蔵の考え方をとり、無限の可能性を天皇も感じ取っていた。

華厳の教えはまさに仏の教えであり、太子の教えを補完するには最高の教えであった。

すべてに生きるものに備わっている仏になる可能性が、仏の慈悲により導かれていくのである。仏国土を完成させるにはこの上ない最も望ましい教えであった。

「太子様の国をいよいよ実現させることができる……」

太子への強い信仰心を持っていた聖武天皇は意気が高揚した。

聖武天皇にはさらに追風が吹いた。

七四九年（天平勝宝元年）十二月、宇佐八幡宮から八幡神の入京を実現。軍神、国家神である八幡神が大仏を守護することとなった。

「神と仏がようやく一つになることができた……」

聖武上皇の目には感涙が溢れていた。

神仏習合も、現象的にも到達の域、レベルにおいてもまさにここに極まった。

そして行基が迎えた菩提僊那《ぼだいせんな》は後の七五二年（天平勝宝四年）、聖武上皇の命により、東大寺大仏開眼供養の導師を勤めた。

遂に大仏に心が入り、この世に真の盧舎那仏が誕生することになったのである。


天平の時代。確かに苦しい時代であったが、仏と人々の境界が最も無くなった時代でもあった。


「仏国土を造るのだ」

本質的な意味では聖武天皇、上皇のこの思いは実現した。

全国に国分寺、国分尼寺を建て、奈良に盧舎那大仏を建立し、官民一体の国家的事業としてこの世に仏教文化の花が大きく開いた。

聖武天皇以後、仏国土をこの国で実現するのだという男系の為政者はいなくなったが、逆に言えば、内面的にはあえてそれを言う必要がなくなるまでに仏教の精神は浸透した。

確かに政治的には、聖武天皇は、天皇自体が仏に仕える三宝の奴であるという宣言をしたものの、さすがにその制度を創るまでには至らず、また直接の子孫も次の世代で途絶えてしまった。

このことが子の称徳天皇の政治的悲劇と道鏡事件を招くことになってしまった。

皇統として天武系の系譜は終わり、天武天皇の偉業の継承もいったん節目を迎えることになった。

そして藤原氏の巻き返しがあり、天智系皇統の復活ということで朝廷の歴史は確定する。

反動的な教訓もあり、その後の政治には、法皇を除き、仏教徒が正式に為政をする機会は永遠に訪れなかった。

歴史的には聖武、称徳天皇時代後に、日本の政治体制は雛形が確定したことになる。

今後日本は、仏教に関しては、良くも悪くも、基本的には政教（仏教）分離の形をとることに決まったということになる。

太政官を中心とする明治政府にまでつながる政体の雛形がここに完成したのであった。


しかし一方、忘れてはならないが、政治的な生命を失ったこととひきかえであるかのように、精神的にはそれまでにはないほど仏教を受け入れる心が日本人のなかに芽生えていった。それは唐における仏教の発展をもはるかに凌ぐ飛躍的な展開であった。

華厳の教えは知らずのうちに日本人の心の基礎を造る手助けをすることになった。

そして仏の心は八百万の神を崇拝する古の心と自然に融合し、日本人の深層心理として〝太子の思い〟として、命を吹き込まれることになった。

日本の仏教は以後、空海、最澄、法然、親鸞、一遍、日蓮、栄西、道元等の名僧に繋がる系譜とともに人々の心の中へ浸透していった。

太子の目指した利他行、〝捨身解脱〟に至る考えは彼ら名僧の中に形ならずとも、真髄として生き残っていったのである。

日本は太子が整えた、仏国土となり得る精神を持った国となった。

それは日本の中で、日本人らしさとしての潔さ、美しさという精神的伝統として残っていくのである。

逆に日本人には宗教がないかのように言われるまでこの国には、真の仏国土の真髄がその内面に刻まれているのではないかと思われる。

それはまさに、〝太子の教え〟として、今も日本人の心の中で生き続けているのである。

あとがき

聖徳太子。

日本史上最も有名な人物として知られながら、最も謎も多いと言われる人物である。

最近ではその実在さえも疑問視され、太子の像とされる肋を持った有名な人物像「唐本御影《とうほんみえい》」が、実は養老時代の遣唐使以後の貴人を描いたもので、聖徳太子ではあり得ないという指摘が最も象徴的であるが、歴史の信憑性にも関わる大きな問題を呈示している人物である。

後の時代に新たな伝説も加えられ、実際その伝承、伝説に関してはとても一人の人物で背負いきれるものではない。それどころか、『日本書紀』に載せられている業績や逸話だけに絞っても、現実に一人の人間で遂行することは極めて至難な大偉業であろう。

聖徳太子の人物像が厩戸皇子を雛形としていることは確かであっても、太子の活躍が厩戸皇子の実際の歴史的活動を超えたものを担っていることは、間違いがないと思われるのである。

そのようなことから、聖徳太子としてよい人物を唯一人に特定することは、極めて難しい問題である。

また、あまりに人物の特定に執着しすぎると、些末な議論に陥ってしまう危険性もあるであろう。

そこで少し視点を変えてみたい。

日本の歴史がどうして聖徳太子のような存在を必要としたのか、何故歴史上に聖徳太子が現れたかという観点から見れば、以下の重要な本質にも気がつくのではないかと思われる。

本編でも述べたが、『日本書紀』においてはまだ「聖徳太子」というはっきりとした記述は無いが、概念上は厩戸皇子を対象に〝聖徳〟と呼べる貴人の存在があったものとして、「東宮聖徳」を含め、〝聖徳〟という概念に対応する人物を便宜上、〝聖徳太子〟と表現して話を進めていきたい。

歴史上に〝聖徳太子〟の概念が現れる『日本書紀』が完成するのは、都が平城京に遷都後の奈良時代、養老の時代であった。

すなわち、律令国家の体裁を持った統一国家としての「日本」が産声をあげて間もない時期の頃である。

その養老の時代に『日本書紀』は建国の神話の時代から飛鳥（白鳳文化の時期）までの時代を一気に歴史書、正書として著すことになったのである。その著述の終盤の頃の時代に〝聖徳太子〟は現れる。

養老の時代から〝聖徳太子〟が活躍した時代を振り返って見ると、日本（倭国）はまだまだ未熟な国家ではあったが、政情に関しては決して不安定な状態ではなかった。

実際に厩戸皇子、蘇我馬子がいた時代は大国隋の興隆があったものの、隋が直接の脅威となるまでのものはなく、日本は蘇我氏、皇族主導の政治のもとで比較的国内外ともに安定した状態で推移していた。

しかし、豪族主導政治の特徴、欠点でもあるのだが、厩戸皇子の後に偉大な氏族長（馬子）が亡くなると、一気に国内の政情が不安定になり、さらにまさかのことであるが、その少し前の時期に大国隋が滅亡し、代わって唐が興り、それに伴い朝鮮半島の高句麗、百済、新羅の三国関係も一気に緊張を高めることとなった。

要するに内政外政ともに突然の混乱期を迎えたのである。

そして国内では、乙巳の変における蘇我本宗家の粛清、滅亡があり、天皇による中央集権化は進むものの、その後の外政において友好国百済の滅亡、そして百済復興の為に自ら出兵するも、白村江の戦いにおいて対唐、新羅連合軍に歴史的な大惨敗を喫するという激動の時代を迎えることとなった。

天智天皇による、百済の復興、そして理想としては伽耶国にあった任那の復興というものがもし成功すれば、国際的にも日本（倭国）はそれにより救われたという形が明確に示すことができたのであるが、ご存知のようにそれは叶わず、敗戦国としての再スタートを切ることになってしまった。残念ながら天智天皇を救国の大王として歴史に名を留めることはできなくなってしまったのである。

そして、壬申の乱という国内最大の辛い内乱を乗り越えて、天武天皇による政治指導のもと、「日本」という国名や「天皇」という称号も決まり、ようやく日本は律令国家への道を正式に歩み始めることができるようになったのである。

ちょうどこの頃に『日本書紀』の編纂もその祖形から開始されることになる。

『古事記』『日本書紀』における日本の歴史は、天神の誕生から天孫族に繋がる天皇の歴史である。

もちろん天武天皇の功績はまことに偉大なのであるが、日本が神武天皇以来選ばれた天皇により天下を治める国であり、その系譜は続き、天武天皇以前の歴史に関しても、それは決して断絶を意味するのではなく、その天武天皇の時代へと繋げる必然の過程であったと納得させるために、建国の英雄神武天皇と並び立つ歴史的偉人の活躍が、天武天皇の前の時代に必要となったのである。

そこで抜擢されたのが、欽明天皇の子孫であり、天武天皇の先祖である厩戸皇子であったということになる。彼には国を正しい道に導いた〝聖徳太子〟になってもらうことが、日本の神話に始まる建国から律令国への歴史を途切れなく完成させるために必要となったのである。

乙巳の変や白村江の戦いにおける歴史的な大惨敗という辛い歴史を乗り越えてなお救われる国家こそがこの平城京での律令国家であるという、救いの道を示してくれる存在が飛鳥時代において必要となったということである。


実際この乙巳の変、白村江の戦いでの歴史的な大惨敗に象徴される、大化の時代以後に日本が受けることになる大試練に関しては、律令制の導入というものが歴史の必然であったとするならば、避けることのできない関門であったと思われる。

本編でも蘇我馬子の悩みという形で描いたように、まともに隋唐型の律令制を導入するとなると、大豪族である蘇我本宗家の存在は決してそのままの状態では許されない、決定的な大変革を受けざるを得ない存在であった。

蘇我蝦夷や入鹿においては、仮に乙巳の変を避けたとしても、平城京型の律令国家に進むためには、自身の蘇我氏においてはもちろんのこと、為政者としても国の体制の根幹におよぶ大改革（クーデターの可能性も含めて）が求められることになったであろう。

そのような内情はあるが、歴史は結果がすべてであり、とにかく日本初の国史に飛鳥時代までの記述を文章の形で残さなければならなくなった。

この難解な状況を乗り越えるために、国を挙げて〝聖徳太子〟という存在に歴史上の救世主としての活躍を求めなければならなくなったということである。

それこそが国家の救世主である貴人、皇族として、〝聖徳太子〟が歴史上に突如として現れた理由である。

そして、『日本書紀』において厩戸皇子は〝聖徳太子〟として、中央集権国家、律令国家への指標をうち立て、大国隋との対等外交を行い、仏教の本格的導入を推進した人物となった。

ということは、〝聖徳太子〟の記載の中には自然と厩戸皇子の実像を越えて、推古天皇、蘇我馬子、善徳、蝦夷、入鹿および善信尼の業績、および人物像が多少なりと入りこんでいる可能性があるということであろう。

トータルとしては、〝聖徳太子〟を蘇我氏自体の業績も包み込んでしまうような存在としたことが考えられる。

実際、蘇我馬子、蝦夷、入鹿の業績が聖徳太子のものに重なる可能性を指摘するような意見も多く見られている。

特に蘇我馬子の業績というものは絶大なものであっただろうと推察される。

この小説においても〝聖徳太子〟の業績として記した、遣隋使の派遣、冠位十二階、十七条憲法、そして斑鳩宮以外の仏教政策までが実は蘇我馬子の政策である可能性さえも否定できないものであると思われる。

当時、蘇我馬子は事実上の独裁者、大王といってよい状態であったと思われる。〝聖徳太子〟の業績を誰か一人に重ねるとすれば、やはり蘇我馬子がその最たる人物ということになるであろう。

しかし、実力はあったが天皇にはなれず、さらに、子孫が皇族により粛清される運命となった蘇我馬子の姿をそのまま描くことは、歴史における救国の観点からも、もはやタブーなことになってしまったことが想像されるのである。

この物語の一つのテーマとして、史実には現れていない〝聖徳太子〟と蘇我馬子の距離感がある。難しい点であるが、〝聖徳太子〟の実像が蘇我馬子に近づけば近づくほど、この小説での蘇我馬子と〝聖徳太子〟の会話によって進められるストーリーは蘇我馬子の内省の言葉に近づくこととなるであろう。

以上のようなプロセスを経て〝聖徳太子〟は、皇族であり、偉大な為政者であり、実質上の日本における仏教の創設者の姿をすべてあわせ持った日本の歴史上の救済者となった。

日本人の総意として、「もしそういう存在であったならば、無条件に尊崇し、ついていきたい」といえる人物として完成したのが〝聖徳太子〟であった。

そして、その歴史は現在に至るまで続いている。

〝聖徳太子〟がすべての国民が受け入れることのできる歴史上の偉人となったことで、今も太子は仏教徒、僧侶のみならず、職人集団、商人、庶民総ての者から尊崇を受ける存在となっている。

太子講は大工や桶屋、畳屋などの職人の間で現在も行われる行事で、〝聖徳太子〟尊崇により職人集団をまとめあげる働きを担っている。

太子市では寺社僧侶、職人層の提供のもと、商人、庶民が集い、一つの〝和〟になっている。

その活動は現在においても尚、生き生きと存続しているのが分かる。


次に、具体的な歴史上の人選の問題を考えてみたい。

〝聖徳太子〟がこのように日本の歴史の救済者として現れたとすると、それでは、どうして同時代の他の皇族ではなく厩戸皇子に〝聖徳太子〟の像が重ねられたのであろうか。

その人選の理由としては、やはり実際に厩戸皇子が蘇我馬子とは血縁も深く、ある程度馬子と共同政治を行ったという事実は大きかったであろう。しかしそれ以上に、厩戸皇子の生き方に他の皇族には見られない、仏教への帰依の深さとその独特の信心の姿、そして救済者としての姿が人々に示されたことが、さらに大きな理由であったと思われるのである。

この点、実際に厩戸皇子には、他者を惹きつける特別な人望があったと推測される。厩戸皇子の信仰の姿がまさに救済者であり、救国者である〝聖徳太子〟の像を重ねるにおいて最も適切な人選であったということである。

仏陀（釈迦）により確立された仏教は、現在もその信者の多さから世界三大宗教の一つとされているが、他の宗教と異なり、ユダヤ教を原母胎としていないことにもよるが、宗教としては珍しい形で展開していくことになる。

それは何かというと、そもそもの仏陀の考えに起因するところが大きいと思われるのだが、救済を明示しないスタンスで教が発展していったということである。

後に大乗仏教が成立したのも、仏教における衆生の救済が明確でなかったこと、この未分化な状態であった分野の発展が望まれた点によることが大きいと思われる。しかし、その大乗仏教においてさえ、救済の方法は各経、各宗派において多様であり、あまりに救済の方法、手段に主眼を置くと、お互いに別の宗教になりかねない程、この問題の取り扱いは難しいことになるのである。

そして、仏教が宗教として民衆の支持を得、存続するにおいては、後の発展の段階における救済の問題への対応が大きく影響し、その運命を左右することになる。

中国において一定の時期に隆盛した仏教もやがて、儒教や道教に主役が置き代わったり、弾圧されたり、衰退したりの運命を辿ることになるが、このことも民衆の救済の問題を独自に発展しきれなかったことと決して無縁でなかったものと思われる。

これに対して、日本における厩戸皇子は、当初からこの救済に関する重要性を悟り、救済を自身の仏教の本質とした。

皇子においては、当初から国の救済、民衆の救済、皇室（皇統）の救済が仏教信仰における主題であった。この慧眼が厩戸皇子をもって、仏教への修道の姿だけでも〝聖徳太子〟と呼ばれるに相応しい人物に押し上げていったものと思われる。

そしてその信仰の姿の象徴として現れるのが、この物語でも著した、晩年の太子（厩戸皇子）の〝捨身〟の姿である。

この太子の〝捨身〟の姿が人々に与えた共感は多大なものであったと思われる。

現実、最後は自分の命とひきかえに人々を救済し、旅立っていった。少なくとも周りの人々はそう捉えた。そのことが、太子の教えを〝救済の宗教〟として決定づけたことになる。

厩戸皇子の入寂をもって、またその入寂をともに体験した人々の覚醒により、〝日本の仏教〟すなわち〝救済の仏教〟は誕生したと見てよいのではなかろうか。

日本においてはこの受容のプロセスがあったことにより、仏教における素地が、太子を除外して仏教を語ることはあり得ないと言えるほどに醸成されていると思われるのである。

仏教がどのような論や経典を根拠としようとも、釈迦の存在を外すことはないように、日本の仏教を語るにおいては、太子の存在自体がその根源となっているということである。

この点において〝聖徳太子〟という偉人に出会えた日本人は幸運であると言えるし、またそれは翻ってみれば、〝聖徳太子〟という人物像を造りあげた日本人の歴史的価値観の創造の成功例とも捉えることができる。

後の日本の名僧もこの太子の救済を少なくとも心の深層に置き、いかに人々、生命、国家を救うかという〝救済の仏教〟の命題に応える存在となり得る人物が民衆より選ばれていくことになるのである。

日本の仏教は〝太子の仏教〟として始まったため、逆に救済をもって始まった。この点が他国の仏教と決定的に異なる経過を歩む運命を持つことになったということである。

〝聖徳太子〟がイエス・キリストのことであるとか、キリストの生まれ変わりであるとまで言われる説があるのも、信憑性はともかく、その説の動機として、太子に救済の教えがあることと決して無関係ではないと思われる。

そして、〝聖徳太子〟の仏教の教えは聖武天皇にまで、皇統における直接の系譜で受け継がれていった。

この物語は、〝聖徳太子〟の教えがどのように生まれ、またそれが天武天皇を経て、聖武天皇にまでどう受け継がれていくかというプロセスについて描いた。

そして聖武天皇の時代に一気に止揚して頂点に達した〝太子の教え〟はその後散種するかのように

人々の無意識のレベルに浸透し、日本人の心を造っていった。そういう日本人の心のルーツを語る物語でもある。その点から読んでいただくことができれば筆者としての幸いの限りである。

聖武天皇が〝聖徳太子〟を受け入れる姿に関しては、当時最も興隆し、聖武天皇も強く帰依した華厳の教えに基づき描いた。

太子信仰の推進者としては、史実では光明皇后の方がよく知られている。

母橘三千代、法隆寺関係の人々、僧侶との出会い、またこの物語でも述べた為政者としての贖罪の精神から、歴史的、修道的に太子信仰を積みあげていった。

これに対して、聖武天皇にとって、『日本書紀』における〝聖徳太子〟という存在は、もちろん偉大な先祖であり、天武天皇と同様の尊敬する存在であったが、太子信仰という点においてはある時期まで天皇は光明皇后をサポートする存在であったように思われる。

しかし、七四〇年の有名な遷都を伴う行幸以後、天皇の仏教を中心に据えた活動は、〝聖徳太子〟の斑鳩の地における活動の再来ではないかと思えるような積極的なものになってくる。

そして、そうさせたのは、智識寺の大盧舎那仏を介して、改めて聖武天皇と〝聖徳太子〟の出会いがそこにあったからだと考えた。

聖武天皇と光明皇后は同じ〝聖徳太子〟を崇拝する立場でありながら、その太子との出会い、尊崇の体験に関しては異なった質のものであったと思えるのである。

この智識寺における聖武天皇と〝聖徳太子〟の出会いは〝華厳の出会い〟であったように思われる。

そこでは、これまでの日本の仏教では知られなかった華厳の世界が二人を出会わせた。

そして、それまで決して交わることのなかった、二人の偉大な天孫族、天皇の血を受け継いだ仏教者の出会いがそこにおいて生まれたという物語である。

この出会いがこの物語のもう一つのテーマでもあり、ここに、日本における究極の神仏習合の深淵にふれるドラマを見てとれるものかと思われる。

華厳の世界では時空を越えての出会いも直感的（本来的と言った方がより華厳的な表現か）には可能となる。

私事の話と重なり大変恐縮であるが、華厳宗の総本山の東大寺においては、私のような仏教の門外漢でも、日常の生活において以下のような不思議な体験、気持ちに導かれることがある。自身に関しては〝華厳の出会い〟とまではとてもいかない主観的体験に過ぎないが、実体験に基づいたものを語りたいので、二つのエピソードについて話すことをご容赦されて、気軽に聞いていただきたい。

著者が東大寺での学園における学生時代のことであるが、私たちは昭和、平成期の俳人堀内薫先生に漢文の授業を受けていた。

堀内薫先生は明治生まれの俳人で「七曜」を主宰された方である。

その漢文の授業において、先生は有名な杜甫の漢詩「春望」の朗読をされていた。

そして「城　春にして　草木　深し……」と詠んだ後であったと思われるが、

「……」

突然先生の言葉が止まった。そして東大寺の境内の鴟尾《しび》（古代の建築の大棟の両端につけた飾り物のこと。中国に源があり、鳥の尾や魚のような形で、沓形《くつがた》とも言われる）をしばらく見つめ続けておられた。

感覚的にはかなりの長い間沈黙が続いた。

そして、はっと私は、先生の目から涙が溢れだしていることに気づいた。

そして、先生はこうおっしゃった。

「この鴟尾を、この鴟尾を眺めて、この詩を書いたのですねえ……」

当時学生であった私は、まずこの先生の断定的な表現に驚いた。唐代にも鴟尾はあったであろうが、それにしても目の前にある東大寺の鴟尾を直視して「〝この〟鴟尾を眺めて」杜甫が（春望を）書いたと状況を断定するような表現をされたことには、驚きとともに当初、困惑の念に圧倒される思いであった。

最初は俳人である先生の独特の表現であるかと思った。

しかし、その見方ではあまりにも予定調和的で、先生の涙を説明できるものはなかった。

再び先生は沈黙を続けた。そして何故かこの沈黙を破ろうとする学生は唯一人としてそこに居らず、その場全体の沈黙も同時に守り続けられた。

沈黙はさらに、しばらく続いた……。

その間、先生は自身の立場を既に放下されていた。

もはや、そこに鴟尾を見る以外のすべての行動は必要とされていない様であった。

そしてこの沈黙を受けて、私の心の中では、様々な思いが交叉した。

その中でようやく、ある一つの見方だけが、それまでの私の困惑をかろうじて消してくれる体験を生じさせた。

それは、「杜甫もそこにいる」という見方であった。

「杜甫も泣いている」と思うことで、とにかく目の前の光景を自分自身で納得することができたのを覚えている。

その後も沈黙のまま経過し、そして、ある瞬間に空気が一変した。

再開や変調を告げるような特別の言葉もないまま、突然先生の授業が再開し、沈黙はすべて破られた。学生たちのざわつきも普段どおりのものとなった。

不思議な体験であった。

この、涙を流された先生の姿に関しては、詩的な鑑賞表現であるとか、詠み手の先生が杜甫になりきったというような解釈だけでは納得できるようなものではなかった。

また現在の私であれば、投影や同一化という心理現象を考えたであろうが、それはそのような個人の心理現象を越えた、全体の場や空気の価値変容を伴う全共有的なものであった。

当時は、その本質に杜甫の再来、再生があるのではということだけをかろうじて感じた。

おそらく唐代の寺院建築にも見られた鴟尾を介しての、先生と杜甫の〝華厳の出会い〟があったのだと今では思っている。

一九七八年十月二十二日から二十九日までの間、当時中国の国務院副総理でありながら故毛沢東氏と並ぶ「核心」とまで呼ばれた中国共産党の第一人者である鄧小平氏が、「日中平和友好条約」締結文書交換式のため公式訪問、初来日した。

そして、その鄧小平氏が翌年の一九七九年一月に米国を訪問した後、再度日本に立ち寄り、奈良で短期間滞在するという。

前年昭和天皇や政府首脳と会見したばかりであり、この当時も学生であった私は正直、「何故、続けて奈良に……」と驚いた記憶がある。

当時東大寺においては、ちょうど大仏殿の昭和大修理が完遂する前年の出来事であった。（翌一九八〇年十月十五日、昭和大修理が終わり、三万人以上の参拝者がつめかけるなかで、修理の落成を祝う落慶法要が行われた）

私たち学生も、大仏殿の瓦に自署を行う予定であり、それこそ〝一枝の草、一握の土をもって〟大仏殿の修理の成功を祈っていた時であった。

その最中に約束どおり、鄧小平氏が私たちのいる東大寺を訪れた。

そしてついに、鄧氏が我々の目の前に現れたのである。

氏には当時そう言われていた「小さな巨人」という言葉がぴったりあてはまるオーラが漂っていた。

鄧氏は聖武天皇と同じように東大寺の大仏、盧舎那仏に北面し、そして私たちを振り返った。そして聖武天皇が大仏開眼の時にすべての人々と筆をとりあった時と同じように、大仏の前で私たちも手を取り合い、鄧氏を迎え、ともに大仏殿に向かった。

それは現代の要人の警備体制からはとても考えられない近さであり、「核心」とまで評される最高権力者であったにもかかわらず、正式な国家主席とはならなかった鄧氏一流の政治姿勢によるものもあったかもしれないが、それを踏まえても、あり得ない光景であった。

大げさな表現ではあるが、古代の夏王朝の禹王から現在の習近平国家主席に至るまで、中国歴代の最高権力者が中華以外の他民族と最も距離が近づいた瞬間であったと思われる。

この時私は、毛沢東亡き後の中国の事実上の第一人者鄧小平氏が落慶法要前の東大寺に訪れたことで、「中国の〝皇帝〟がついに聖武天皇に会いに来られたのだ」と直感した。

現実的には一九七二年の田中角栄総理の訪中による日中国交正常化からの、政治外交のさらなる進展の成果であったことは間違いがないことである。

しかし私にとっては、そのような事実は存在する上で、さらに「聖武天皇が中国の第一人者、〝現在の皇帝〟鄧小平氏を呼び寄せたのだ」という理解が、最もその場の全共有的な不思議な風景を最も納得させるものであった。

象徴的なことであったかもしれないが、あれだけ生まれてからずっと「近くて遠い国」である中国とその時だけは、皆で一つになった瞬間を感じた。まさに瞬間であったが、不可能が前提の状況での素晴らしい時間であった。

まとめに裏のテーマについて述べてみたい。

裏のテーマと表現しながらも、拙著の前作から大きな視点においては最も重要なテーマであるとしたのが、

「歴史とは一体どのようなものなのか。私たちの人生に対して歴史はどのような影響を及ぼし得るものであるか」ということであった。

「歴史を学ぶ大きな目的の一つであり最も魅力的な事業は、人物や事実の痕跡を頼りに我々が生きているこの世の中の構成やダイナミズムを再編成することである」と前作でも述べたように、私たちの社会に役立てる歴史的意義を探ることが、前作から続く、作品を通じての最も大きなテーマである。

前作において、「歴史とはどのような性質を持ち、どのような出来事が歴史を変えていくのか、またその変化は後の時代や現代になってからもどのような影響を及ぼすのか」ということを探った。

その主役を演じたのは織田信長であった。

信長という偉人やそのカリスマに纏《まつ》わる問題を通して、歴史という現象がどのように私たちに影響を与え、関わってくるのかということを解明しようとした。

そして今回の作品においてこの点に関しては、「歴史とはどのように始まっていくのか、歴史の始まりとはどのようなものなのか」ということが、テーマになってくるものと思われる。

さらにそれは具体的には、「歴史の雛型の生成とそれが後の歴史にどのような影響、運命を与えていくのか」というテーマである。

聖徳太子の時代は欽明朝から再興した大和政権（王権）がやがて隋や唐の大国と正式に交流し、初めて文書による国史を編纂する（最初の国書は紛失してしまったが）、自他共に認める普遍国家、文書国家の成立期である。

天皇の国である日本がまさに正式に始まろうとするその時であり、まさにこの時代は現在の日本の雛型ができた時代であった。

それにしても今回の作品では、歴史が始まる時にいかに神話的、奇跡的な偉人や出来事が必要であるかが痛感される。

逆にそのような人物、奇跡に出会うこと、もしくは出会ったと心から信ずることのできる神話、奇跡を創り出すことができた場合、その後の歴史に決定的な運命を与えることができるということであろう。

まさにそこに登場したのが聖徳太子であり、そのような神話や奇跡のもとに、現在あるのが今の日本という国である。

そう、太子の精神を意識ならずとも、今も私たちは受け継いでいるのである。

そして今の時代における問題である。

国家が成熟した形になればなるほどその神話的、奇跡的な偉人や出来事の創設との直接の関連性は薄くなっていく。今の日本はそのような段階の時期にあると思われる。この時期において、私たちはどのようなことを心がけていけばよいのであろうか。

現代の日本において、初期の創国の神話、建国の英雄を今更ながらに手を加えるということは、もはや不可能でもあるが、それ自体は不必要なことでもあると思われる。

歴史を知り、学ぶ者の立場としては望ましいのは、まずその創国、建国の意義についての現在から見た再評価を行うことであろう。現在の私たちの生活を変える意義深い発見も見つかることもあり得るかもしれない。

またそれと同時に、当初の歴史からもれてしまった救国の志士となり得た可能性の者を再評価すること、その人物を守ることも大事なことであろう。

最近、大和政権（王権）に対するかつての吉備や葛城の影響の強さや、飛鳥時代の蘇我氏の功績についても見直す動きが見られるが、このようなことも十分評価されてよいのではないであろうか。

その姿勢自体がすぐに現行の日本の歴史観を否定したり、修正するものとは限らず、十分な検討を加えながら行えば、その活動自体は本来の歴史をさらに意味深いものにしてくれるであろうと思われる。

そして私たちが何らかの事業を創業、創設する場合、「神話的奇跡的な偉人や出来事の存在は歴史の開始にとって極めて重要な、決定的とも言えるまでの要因である」という今回の事例に照らし合わせて、それに近い形で事業をスタートできるように配慮することも、有効な姿勢となる可能性があるであろう。

成功した企業には必ずといってよいほど、カリスマ的な創業者の話があることは我々もよく経験することである。

また前作でもとりあげた徳川幕府の二百五十年以上の安泰も、三代将軍家光の治世において初代家康を神格化する政策により確立された。このことも創業時に参考となり得る好例であろう。

そして創業において、創業の神話を持つ歴史のような事業が始まるかもしれないという、躍動感もあわせ持つことができれば、尚更望ましいことであろう。

何故なら、歴史が始まるということは、歴史に新たな感動が刻み込まれることをも意味するものだからである。

そう、今もまた私たちのまわりで新たな歴史が始まるかもしれない。とすれば、当初を大事にして、可能な限り、その歴史が後世の社会に感動と実りをもたらす存在になるようにしたいものである。

最後に、御礼を述べさせていただきたい。

華厳の世界、法界を述べるに留まらず、自らの書をもってその無限性、雄大さを示してくださった、故清水公照　東大寺別当　華厳宗管長。

先ほどのエピソードでも御紹介させていただいた、俳人であり、奈良に生まれ、奈良における活動を終生愛し続けられた故堀内薫先生。

学園における専門の英語の分野のみならず、他分野への興味を経験し続ける姿勢を確立することこそが真のイニシエーションであることを教えてくださり、そして御退職後、自ら心理学の専門家となられ、今も尚、人生においてその教えを体現してくださっている吉波和彦先生。

これら私に華厳の世界に触れる機会、今回の作品への動機を与えてくださった恩人、恩師に心から感謝の意を伝えたいと思います。

また、作風も固まらず対象とする読者層も明確でない私の作品を暖かく見守っていただくとともに、当初から作品の向かうべき方向を鋭く見抜いていただいた郁朋社佐藤聡編集長に敬意と謝意をあわせて伝えたいと思います。

参考文献（著者五十音順）

飯沼賢司『八幡神とはなにか』角川文庫、二〇一四
石田尚豊編『聖徳太子事典』柏書房、一九九七
上原和『聖徳太子―再建法隆寺の謎―』講談社学術文庫、一九八七
門脇禎二『葛城と古代国家』講談社学術文庫、二〇一五（第一刷二〇〇〇）
鎌田茂雄『華厳の思想』講談社学術文庫、二〇〇五（第一刷一九八八）
熊谷公男『日本の歴史03　大王から天皇へ』講談社学術文庫、二〇一六（第一刷二〇〇八）
倉本一宏『蘇我氏―古代豪族の興亡』中公新書、二〇一六（第一刷二〇一五）
武田幸男『高句麗史と東アジア』岩波書店、一九八九
花山信勝　校訳『法華義疏』（上）（下）岩波文庫、二〇一七（第一刷一九七五）
堀敏一『中国と古代東アジア世界』岩波書店、一九九三
吉村武彦『蘇我氏の古代』岩波新書、二〇一六（第一刷二〇一五）
渡辺晃宏『日本の歴史04　平城京と木簡の世紀』講談社学術文庫、二〇一六（第一刷二〇〇九）

筆者註／本作品は史実を基本にしていますが、物語の展開、登場人物の会話などの構成においては、著者の構想により創作された作品となっています。

【著者略歴】

天美　大河（あまみ　たいが）

精神科医師（医学博士）。
精神心理学および思想学的な観点と、歴史、文化との繋がりに注目し、両分野の橋渡しを行い、その間隙に生じる人間模様、ドラマについて描く、リエゾニック・リテラチャー（橋渡しの間に興る文学）を探求している。
著書「さあ、信長を語ろう！」（郁朋社）

太子《たいし》と馬子《うまこ》の国《くに》

2018年10月17日　第1刷発行

著　者 ― 天美《あまみ》 大河《たいが》

発行者 ― 佐藤　聡

発行所 ― 株式会社 郁朋社《いくほうしや》

〒101-0061　東京都千代田区神田三崎町2-20-4
電　話　03（3234）8923（代表）
ＦＡＸ　03（3234）3948
振　替　00160-5-100328

印刷・製本 ― 日本ハイコム株式会社

落丁、乱丁本はお取り替え致します。

郁朋社ホームページアドレス　http://www.ikuhousha.com
この本に関するご意見・ご感想をメールでお寄せいただく際は、
comment@ikuhousha.com までお願い致します。

 ISBN978-4-87302-680-0 C0095